兴趣小组

巫昂 著

新 星 出 版 社　NEW STAR PRESS

目 录

1	消失在折叠空间的村长君
43	长沙白夜行
99	兴趣小组
131	有人迷醉于天蝎的心
169	说不定的罪人
191	我是他的第几个女儿？
227	丈夫突然离家出走

消失在折叠空间的村长君

一夜宿醉，突然被一阵近乎啸叫的电话铃声吵醒，我睁开眼睛。天刚亮没多久，找了半天，才发现是久不出声的座机。搬到这个破公寓四年以来，座机近乎虚设，我也几乎还没想好今后要干什么，怎么干，知道我电话号码的人数近乎零。但它就是不停地响，比火警还急。我顶着无比沉重的脑袋，跌跌撞撞地从床上爬起来，扑到桌上，从一大堆杂物里扒拉出来话筒，沾了一手灰，接听。

"请问，是以千计吗？"信号不太清楚，也许是电话线被老鼠或是蟑螂咬过。

"是……你是谁？"我的舌头还是硬邦邦的，像泔水浆过的领带一样。

"不好意思，一大早给你打电话，实在是不得已。"

"吵都吵醒了，那就说吧。"

"我这里有个案子……想委托给你。"声音还是断断续续。

"案子？什么案子？"

"我们在老地方见一面，见面再谈。"

"老地方……"我被这个说法卡住了，在我混乱的脑袋瓜儿里，堪称老地方的地方实在太多。跟那么多女人约会，谁都把自己中意的地方叫作老地方，有的老地方是个情人旅馆，有的是她们的家，有的是山顶上的一棵树下，天晴的时候。

"我开车到你家楼下来接你，一个小时后。"

对方挂线，那口气完全没有商量的余地，像是下惯了命令的人。我放下电话，又爬回床上去睡，十二月份的东京，如果没记错的话，今年是二〇一一年，我只盖着一条旧军毯，怎么睡都不踏实。四年前，从过去的家搬出来，我只带了这条军毯，而它又是我从北京带来的，大学入学那年，军训发的。也奇怪，我又感觉到耳道里有一条虫子在慢慢往外爬，越不想理睬它，它就爬得越起劲。多足动物，每一只脚走过都伴随沙沙作响的动静。这只虫子在我耳道里生活了很多年，一直在想办法往外爬，一直也没冒出头来。开头我还很重视它，专门去看了两次耳鼻喉科的医生，医生毫不迟疑地把我转介去了精神科。

临近七点，我终于睡着，刚刚入睡，门铃就响了。爬起来，裹上那条破了两个洞的深绿色军毯，在沙发底下找到了一条不那么臭的牛仔裤，我拥有的两条牛仔裤之一，就那么下楼了。那位打过电话的来客，坐在一辆旧到不能再旧的车里，一九三三年款的杜森博格，美国产，看起来是个有来头的人。他大眼高颧骨，眉骨跟原始人一样夸张，嘴巴也非常大，甚至连喉结都大。我上车后，才瞥见他的手指关节近乎钢球，十只钢球摆在方向盘上。他不像那种裤裆里熊熊燃烧着一簇火的年轻人，也许裤裆里的家伙已经是一根黑炭了，但他稳重，有年岁、有经历，像一个可靠的雇主。

"找你是因为村长君的案子，电视上看到了吧？他所在的村子被拆迁后，离奇失踪的那个人。"

我摇摇头，君之花有线电视公司早在去年冬天的一个下午，就派工人来剪断了我的出租屋的有线电视线，因为房子太破，历任房客从不缴费，房东也听之任之。说真的，那台电视除了恍恍惚惚的信号，开着它陪我喝酒，像是先生还在，也没有别的什么用处了。从那之后，我基本上就处于与世隔绝的状态，唯一的信息源是楼下小杂货店的老板娘，她偶尔会跟我讲讲新闻，但她只关心跟本街道有关的事儿，谁家的狗丢了，谁家的孩子上了两天幼儿园又哭着鼻子回家了，谁家婆媳关系最差。

"不出所料，你从来不关心外边到底发生了什么。"他戴上墨镜，好像是因为迎风流泪。

"除了体育彩票。"

"挣到钱了？"

"挣到了……一块手表，纯钢的。"

"这个案子你要是能帮上忙，你可以再挣一块手表，瑞士产的。"

"我饭都吃不饱，戴什么手表……"

"只是打个比方，约等于那么个手表的酬劳，我的意思是。"

"那是多少？"

"一千万日元。"

一大笔钱，对我来说，但我还是不想流露出自己对这样一笔钱不健康的渴望。

"百分之三十定金，现金。"

他伸手打开我跟前的车载储物柜，从里面取出一只大信封，信封很旧，但一个字儿也没有，无论是印刷上去的还是写上去的，不过鼓鼓的。他把这只超大尺寸、沉甸甸的信封递给我。一万日元一张的纸币，一千万日元的三分之一是三百万日元，三百张纸币，以我的手感经验来说，至少要三公斤以上，但这个信封明显没有三公斤，以尺寸而言，应该是美元。

我接过来，打开一看，果然是百元的美元大钞，新崭崭、硬呱呱的。有了这笔钱，我就可以回国了，不算是两手空空，我想先回老家蓬莱，在爸妈的葡萄园待上一段时间，帮他们收拾收拾园子，然后到北京城里租个小单元房，继续我那醉生梦死的生活。

说话间，车已经在那个所谓的老地方停下，我摇下车窗，伸出脑袋一看，是个破到不能再破的楼，楼上不时扑扑簌簌地落下一些墙灰。地震局对此一定也束手无策，这是一座危楼。

"以前，我们总在这里碰头？"我毫无印象。

"不是我和你，是你和村长君，这个楼。你肯定不记得我，因为我们从来没见过面，但你应该记得村长君。"

"村长君？"

"他死了。"说毕，这人深深地叹了口气，感觉好像刚从地底被人挖出来，那么沉重而疲惫，我连他到底叫什么都还没搞清楚。

"你一定搞错了，我不认识这个所谓的村长君。"

"真的？"

"完全听不懂你在说什么。"我说。

他是个日本人，他只说日语，我听得懂。二〇〇〇年刚到日本时，毕竟做了五六年"家庭煮夫"，在买菜做饭中，慢慢也听懂了人家大概齐在说些什么。我的前妻莫莉在家从不跟我说日语，我们说山东话，我们是中学同学，初中连着高中。买菜、做饭、打扫卫生，我唯一打发时间的方法就是周末跑出去喝一顿大酒，就在住处附近的一家昏暗无比的小居酒屋里认识了师傅，为了陪他聊天，我的日语越说越溜，那似乎是二〇〇四年的初冬，女儿刚刚两岁。

"你难不成有什么双胞胎兄弟？"他问。

我摇摇头。

"你不是开了家木暮私家侦探社吗？"

我点点头，这个我还清清楚楚地记得，侦探社叫这个名字是因为师傅叫木暮沉，他就我一个手下兼合伙人，侦探社就开在他住处破破烂烂的客厅里。我也不清楚他为什么会看上我这么一个吃软饭、顶顶没用的男人，也许我们一起喝酒的时光真的相当美妙，他带着我喝各种酒，不挑不拣，喝多了两个人猜酒拳，他用关东口音的日语，我用山东话，确切地说是山东省蓬莱市潮水镇南王村的山东话。

自从接了那个倒了八辈子霉的案子，那也是二〇〇八年师傅过世后我独立接下的第一件案子。不知道得罪了谁，无缘无故地被警察逮进局子待了三天三夜，既不给吃饭也不给喝水，只是没日没夜地被打，我的记忆基本上就清零了，只记得酒精，酒精可以帮助我比较快且没有痛苦地了结此生，不然周身之疼痛时刻纠缠着我，特别是天冷的时候。

"我是个酒鬼，一个生下来就为了等死的人，活着没什么目标，就算是镶钻的手表，多少多少钱，日元美元人民币，对我来说就是个屁。"我实话实说，"你说的村长君也许是我进局子之前的客户，但我完全不记得了，关于我接过的所有案子，家里也没有任何资料。我呢，基本上也不接客户了，执照已经被吊销了，现在再做任何事，都是违法的。"

"我只想让你调查清楚到底是谁杀了村长。"

"日元美元人民币，对我来说就是个屁，如果你愿意，送我一大箱波兰产的伏特加多好，一箱十二瓶，一瓶七百毫升。"我不接他的话，却死死地拽住那只肥厚的信封。

对方下车，嘴角浮现一丝难以察觉的笑意，此人缺乏幽默感和大活人的气味，我一直怀疑他是从别的星球来的，这种直觉对以前的我来说是家常便饭，现在越来越迟钝了。村长君？

村长君？我从干枯的记忆库里搜索这个人的信息，完全没有头绪，也许一会儿可以管他要一张村长君的照片看看。

我们一起在楼前站了片刻，便走进楼里，那是个危楼，住户早已清空，唯一可以作为纪念的是楼下的前台。木结构接待台还残存着，看来这里曾经是个小旅馆，放钥匙的架子还在，住一晚上一个人不超过五千日元的那种烂地方。

"村长君以前上访，都是住在这里，固定房间，二〇九。"

"二〇九？没什么特别含义吧。"我问。

"不知道，也许只是他个人的习惯而已，我也来这里见过他。"

我们直接上楼，越过满地垃圾的走廊，房间门大多开着，里面空无一物，偶尔有一两件破家具，都是房主不要的遗留物，二〇九房也不例外。那人推门进去，我跟着进去，进去之后，立刻闻到空气中弥漫着一股混合了化学试剂和肥皂的气味，粗布窗帘还搭在窗户上，挡住了多数光线，让这里显得异常昏暗和老旧。

"能想起来什么吗？"他扭头问我。

我摇摇头，只觉得膀胱憋了些液体，很重，来回张望，终于在入门处的门后，看到了卫生间，径直进去找马桶，好在马桶跟浴缸一样，都没拆，但都是黄兮兮的一层污垢。也不管那么多了，小便而已。等我拉上拉链出来，那个开口闭口村长君的新晋雇主，正坐在墙角的床上抽烟，床上只有席梦思，没有枕头被子，席梦思上落满了灰尘，他吐出来的烟，被阳光斜斜照耀，让空气中的灰尘更明显。

我发现，抽烟的时候，他的喉结在不停蠕动，好像一个快要孵化出来的活物，看得我胃部一紧，这才发现不吃早饭出门真是要命。我咽了一口口水,站在那里,等待他发话。

"村长君,他以前老是坐在这里跟我说事情,就这里,原本对面还摆了一张床,我坐在那上面,他请我喝白开水,硫黄味重极了。这地底下是温泉,旅馆里连自来水烧出来的白开水,都有硫黄味儿。"

"这跟本案有什么关系?"

"他身上总是有硫黄味,味道倒不重,在他死前也还有,也许我对硫黄味敏感,一下子就闻到了,而且硫黄的浓度跟这里惊人的一致,所以,我想,他死前来过这里。未必是住,也许来这个房间取走什么,或者放了什么,也不一定。"

硫黄的浓度?我只知道酒精的浓度,四十度的伏特加是最完美的,从冰箱取出来,倒在杯子里,那种透明,细看好似凝胶一般,甚至比纯度最高的清水还要清澈。它穿过喉咙,我顿时感到身体里面好像出现了一大块空白,堪比史前雪洞。要说我此生有什么烦恼,那就是伏特加不够冰,冰得不够彻底,没有冰到让人想把它周围的空气一同吸进身体。想到这里,我忍不住吸了吸鼻子。

"你有鼻炎?"他皱眉看了我一眼。

"是个麻烦病,得一次终身不离不弃,幸好我没有,但有别的问题。"

"痔疮?疝气?牛皮癣?"这人认真起来,真是不得了。

"他来这里取走什么?"

"我不知道,你看,这里光秃秃的,几乎一无所有,旅馆怎么会荒废成这样,我一点头绪都没有,原先的主人家也奇怪地消失了,不见了。"

"原先的主人家?你是说旅馆的老板吧?"我心不在焉重复

一遍，站到窗前。窗外是一条幽僻的马路，马路上树干光秃秃的，连一只麻雀也没有，路上更是空无一人，向两边望去，很远的地方才有略微热闹一点的大路，车声隐隐传来。一个人要混到什么田地，才会住在这种旅馆里面，然后，死了。

"那么，村长君，他怎么死的？"

"死得很奇怪，说实话。"那人说。

"对不起，我还没吃早饭，胃不好，起床后得赶紧吃点东西才行。"

"那我们出去找家吃早点的地方吧。"

我们一起下楼，开车转上主路，到了店铺林立的地方，找到了一家兼营早餐的料理店。老板娘很快把早餐端上小吧台，样式非常家庭风格：一碗米饭加个生鸡蛋，腌茄子，纳豆，豆腐味噌汤。这些日子以来，我已不知这么齐全的早餐为何物，都是两片全麦面包抹过期黄油了事。

莫莉走后再也没人帮我做过一顿像样的早饭，我蹲局子期间，她也就自然地搬走了。回家后，她倒是打过一次电话，提醒我水电费的单子每个月会寄到邮箱。确切地说，我只是听到电话录音，没跟她本人通上话，她说话的语速一向很快，我反复听了三遍才听懂她的意思，仅仅是水电费单子的事。没说她在哪里，以及跟谁在一起。

米饭拌上生鸡蛋真是可口，三口半结束，味噌汤已经做了一小会儿了，不是太烫，但喝完我依然出了一身汗。

"他的死法真是绝无仅有，"那人好像不饿，只顾抽烟，把烟灰弹在一只椰壳烟灰缸里，"怎么会有那么离奇的死法，我至今无法相信，如果不是在现场。"

"你在现场？"

"是。"说罢，他深深地吸了一口烟，结婚后本来准备要孩子，我就不再抽烟，后遗症还在，闻到烟味仍心事重重。

"那就细细说来，我吃饭慢，慢慢聊。"一边细嚼慢咽吃早饭，一边细听一个人的死法，有种说不出的刺激。

"那天，其实也就是上个周末，一大早下着雨，我前一个晚上刚刚见过村长君，说好第二天到一座大厦门口接他。我们一起去找一位老律师，那位律师年迈多病，只是去礼节性拜访，他已经接不动案子了。"

"什么大厦？"

"他没有说，只是在前一天说好，早上七点半到那个大厦门口接他。大厦就是一座很普通的楼，看起来楼龄也有二三十年了，平淡无奇，也不在闹市区，门前也没有任何标识，既不像什么财团会社的写字楼，当然了，那种每个窗户都整整齐齐的模样，也不像公寓。"

"就是光秃秃一座楼？"

"可以那么说吧，一律挂着淡蓝色的薄窗帘，跟疗养院或者医院什么的倒是有点像。我到了那里，七点半不到，当时我看了一眼仪表盘上的时间，还有十五分钟的样子，就想下车透透气，暖风吹久了周身酸疼。"

"有钱人的臭毛病。"我口不择言起来很有一套。

"刚开了车门，就看到有个人从楼门口出来，打了一把大黑伞，足够遮四五个人的那种防风伞，整个路上空荡荡的，有个人打着那样的伞从那么不起眼的楼里走出来，当然有点怪异。"

"是他？"

他点头："我是从他的衣服认出来的，他整个冬天都会穿一件鼠灰色的长款夹克，那件衣服他说是小儿子给他买的，在外工作邮寄回家的新年礼物。"

"对了，先说说你们俩是什么关系，我再糊涂，至少先得把这个搞清楚吧。"

"我跟他本来素昧平生，你说我是个帮助上访人群的志愿者也可以，差不离。一来二去的，我喜欢上了村长君，认他为真正的朋友，我们的交情在这个过程中越来越深，深到我无法忍受不知道他死亡的真相。"

"但这些上访说白了都是瞎子点灯白费蜡。"

"也对。"他陷入沉思。

"你靠什么生活？富家子弟？"

他想了想，说："我本来是个牙医，最多的时候，经营了三家牙科诊所，攒了一些钱，觉得整天对着病人张开的嘴，实在没有意思，就把一个两个三个诊所陆陆续续卖掉了，手里有了一笔钱，放在一些投资理财基金里头。我觉得无聊，又不想再做别的生意，没事就喜欢去社区图书馆做做义工，也去给在上访队伍中排队的人分发午餐，他们大都是一些孤寡老人，一些贫穷的人，村长君特别执着，特别倔强，但确确实实是个好人。"

"一个隐形富豪。"

他微微一笑，没有再就自己的话题多说些什么。

"村长君来上访就为了讨回公道，整个村子的村民都靠他一个人出头了。这个村子本来也不算太糟糕，我去过一次，在一个山谷里头，安安静静的，村里人过着像古人一样与世无争的生活。他们即便不富有，也不是一贫如洗，种一些庄稼和果树，都能过日子，都挺好。"

"哦，然后呢？"

"哎，说来话长，村里有一只鼓，两米高，三米多宽，村里只有逢重大的活动，才会把这只鼓拿出来，放在晒谷场上敲打。敲鼓的人，在村里是世袭的，叫作鼓师家，父亲传儿子，儿子传孙子，这么大的鼓，可想而知，女人也是敲不动的，唯有鼓师家世袭的壮汉，站到边上，手拿鼓槌，使出浑身的力气，一下两下击打。鼓声能够传到周围好几个村子去，这个村也因此有了个外号叫作大鼓村，原本的名字反倒叫的人少了，慢慢就被人忘掉了。这只大鼓，不知道几辈子流传下来的，做鼓的人好几百年前就去世了吧。"

"这跟村长君上访有什么关系？"

"你别着急，听我慢慢说，这只鼓，有一天被一伙人拿走了，而村民们认为后来村里发生的一系列离奇事，跟这个鼓被人拿走大有关系。"

"也就是一只鼓嘛。"说着这句话，耳膜深处居然猛地，隐约地传出一记闷闷的鼓声。

"本来村里人也是这么想，虽然是一只有年头的老鼓，被人无缘无故地拿走了相当可惜，但时间久了可能也就淡忘了。但奇怪的事情一而再再而三地发生了。"

"这鼓的冤魂显灵了？"

"类似于此，村里人一个个被查出癌症，一个接着一个，简直跟多米诺骨牌一样，两年不到，差不多每家每户都有病人。天一黑，各家各户门廊上的风铃一起奇怪地响起来，响的节奏基本一致。"

"能听出来是首什么歌？"

"听不出来，但村里人开始认为这都是鼓被人拿走惹出来的大祸，这个村子本来平平静静的，与世无争，鼓丢了之后，整个村子简直像失去了一个守护神。"

"那么鼓,又是被谁拿走的?"

"这就更蹊跷了,也就是普普通通的一天,村里开进来一辆越野车,村民说是'大得不得了的那种车'。"

"知道,类似悍马?"

"我本来也以为是悍马,后来听几个村民形容,竟比悍马还大,是铁甲装备的,壳子特别硬,还特别能装人。从车上下来四五个穿着差不多的男人,小平头,黑西服,不打领带,里边就是白衬衫,皮鞋也是黑的。"

"黑衣人?"

"大家就是那么给他们起名儿的,这些人二话不说,直接把车开到放鼓的那个祠堂,一起下来,连个司机也不留,径直进去抬起鼓就走。他们把鼓放在车顶,好像事先安排好了一样,有人负责捆,有人负责固定,这些人全都训练有素,不像是贼,倒像来办事儿的。那个祠堂平日也没人看管,就是一些小孩子在门前的空地上玩儿,他们跑去跟大人说,等到大人出来,车子早一溜烟开走了。"

"有点莫名其妙。"

"村长当晚召集了村民开会,通报鼓被人随随便便拿走的事情,大家商议了好一会儿,可也无计可施,连车牌号都没人记下,也许那辆车连车牌号都没有,小孩们只知道是一辆特别大的灰壳子越野车。这些人对于鼓放在哪里,进村的路线至少事先是做过调查的,就那么跟游客一样进了村,一个招呼也没打,太不把当地人当回事儿了。"

"也许他们到哪里都是那么随随便便拿人东西,拿习惯了。"

"村长花了很长时间,找从村里出去工作的人,找法院,找律师，找警察，一点儿线索也没有。他还在许多地方的电线杆子上贴了寻鼓启示，我就是看到启示，去找的他，想尽我所能提供一点儿帮助。"

"你又为什么要帮他？"我对纯粹的好人，向来不理解。因为自己终其一生似乎没一件事情是不出于任何目的而为。要么为了不菲的酬劳，要么为了显示自己能干，要么仅仅是为了做坏事。如果不成为私家侦探，我的前途就是当罪犯，住在一个五平方米的小房间里，坐在房间一角的破马桶上，跷着脚，一边读《爱因斯坦传》一边抠脚皮。

他沉默了相当一段时间，过后又说："也许是寻鼓启事上，那个鼓的花纹，不知道怎么让我心里一动。"

"就好像那花纹会说话，请你帮它？"

"也许是那么回事吧，总之我当即毫不犹豫地打了他的电话，第二天，我们就在上访的队列里碰面了，之前他也在那个队列里，但我没有留下太深的印象。"

"唔，那你相不相信，鼓的消失跟村民患上癌症有关系。"

他用力摇摇头："但也没有别的解释了，就那么巧。"

"跟水源污染，附近矿物质渗入水井，也许更有关系吧？我只是胡乱猜测。"

"有一次，我问村长君，你真的认为这两者之间存在联系吗？他也不置可否。他是个聪明人，虽然没上过大学，但看看化学元素表什么的，都难不倒他。"

"你们一起研究了化学元素表？"

"村里人患的癌症各种各样，并非只是常见的肺癌或者肝癌那些。"

"附近有化工厂？"

"有一家，在十四公里外，上风向。"

"那么，那些黑衣人又为什么要拿走鼓，他们是化工厂派来的？"

"我始终搞不明白，村长有一天随口提起，他怀疑那只鼓被神秘黑衣人拿走的事，没有看起来那么简单。"

"烟幕弹？"

"也许，但也不好说。"

接下来，他给我讲起了村长君死去的过程，整个场景像是电影编剧所为。

那天他看到村长君从那座大楼走出来，打着大黑伞，打算走到马路对面跟他会合，他没有走过去迎接村长君，只是在自己的车边上抽烟。正当此时，一辆越野车在一百米外突然启动，他抬头一看，灰壳的。那车迅猛加速，马达声刺穿整条寂静的街，又猛地在村长君跟前急刹车，当时他呆站在马路中央，面朝着车，不知如何反应。

车门开了，四个黑衣人下车，他们动作那么一致，好像被看不见的程序控制，一般高矮一般胖瘦，转眼上前抓住村长君。车上还有一个面目模糊的司机，头部前倾，似乎全神贯注，又似乎在走神。

"他们把村长君四面围住，抓住他的两条胳膊，让他双脚微微悬空，后边有一个人卡住他的脖子，另一个用膝盖顶住他的后膝盖，村长君被迫跪下。他在四个人的强迫下不单下跪，整个上身都俯倒，头部近乎贴着地面，越野车缓缓启动，就那么朝他的头部碾过。我当时离他约莫十米，跑过去后，却完全没有办法靠近，好像贴在一面透明玻璃幕墙前，摸不到玻璃的质感，任何实在的物质都没有，但就是过不去。我大声叫嚷，用头撞那看不见的墙，最后声嘶力竭到不得不使劲捶打自己的胸口。那些人似乎完全听不到，没有任何人哪怕扭头看我一眼，他们在专心致志地杀人。"

"你就那么看着村长君活生生被碾死？"

"这会是我一辈子的噩梦，对谁来说恐怕都是如此，当时我心慌意乱，一心想救村长，竟忘了使用手机的摄影功能，但好歹记下了车牌号。"他拿烟的手指在微微颤抖，"事后去查，当然了，车牌号是不存在的。"

"也没有报警？"

"来不及，整个过程大概三分钟不到，但只是我心理上的感觉而已，实际时间如何，在那一瞬间，没有办法判断。"

"三分钟不到，能将一个人的头部碾到扁？"

"他甚至还在张口呼救，我听得到他喊'快来人啊，救我'，而后就毫无办法地定格在那里，脸上的表情惨不忍睹，你一定没见过一个人的头被残害成那样。"

"可以想象。"

我点了一支烟，早餐铺的窗户，阳光照在上面，玻璃上出现些许幻影。

"然后，他们，所有这些杀人犯，和已经被杀的村长，以及那辆越野车，车上的司机，都像一幅用显影液画的画儿，在药性失效后渐渐消失了。"

"凭空就消失了？"

"是，有一个渐变的过程，但确实就那么消失了，颜色越来越淡，四肢五官越来越模糊。"

"也就是说，虽然你作为村长君被害案现场唯一的目击证人，但他死后并不存在尸体，地面上没有血迹，甚至没有任何其他痕迹？"

"连一根头发也没有。"

"那我怎么相信你？"

"这就是我来找你的缘故，我百思不得其解，站在空荡荡的那条街，连我自己都怀疑刚才的一切都是幻觉，都是神经一时错乱的产物，我不知道自己可以去哪里、做什么。第二天，我就在自家邮箱里收到了这封信，应该是村长君在出事前从邮局投递的，这才想要来找你。"

说着，他从怀里拿出那个信封，递给我。那种样式的信封，唯有老一辈的人才会使用，信是写给"岛田俊太郎"的，想必就是坐在我边上的这个人。信里面的纸条，前两行写着我的名字和电话，底下还有一句话："老地方能让他调查清楚此事的来龙去脉。"

原来，这是村长君的遗书。

"那我们先去村子一趟吧。"我提议，心里不过是觉得拿了他那么多钱，什么都不做实在过意不去，要显得忙忙碌碌、勤勤恳恳才好。

"但你得做好心理准备，村里可能没几个人家不在举行葬礼的。"

"葬礼？"

"之前我说的那些患了奇奇怪怪的癌症的病人，陆陆续续都发病了，村里大部分人都没有医疗保险，更不会去东京这样的大城市去治病，他们只能坐以待毙。他们特别希望这个鼓能够重新回到村里，这样怪病也许可以消失，各种各样的奇怪现象也会消失。"他一边说，一边启动了车子，汽车引擎发出低沉的轰鸣声，这辆车被他改装过，动了不少手脚，包括座椅上的皮子换成了鸵鸟皮，有钱人的恶趣味。

"我可不能保证能把那个鼓弄回来，我接了你的单子，只负责调查谁杀死了村长君，不管鼓的下落，更不管鼓能不能追回，这超出了我的业务范畴。"

"你的业务范畴是？"

"我只接命案，没有尸体的地方就没有我。"

"这么多村民死于非命，难道不算命案？"

"你的逻辑好混乱，一塌糊涂，他们患病和鼓之间的关系，也不过是这些乡下人的迷信说法，牵强附会。何况，一码归一码，你刚才委托的只是追查村长君的死因，没有别的。我按命案的人头收费，一个人这个价，这么多人，你该怎么付？"

我把他说得哑口无言，这种人弥漫的正义感，就需要这几句话来打压打压，他自言自语："你说得也是，如果能够查出来谁杀了村长君，也许就知道鼓的下落了，到时候，我再想办法把鼓要回来，能救活多少人算多少人吧。"

我懒得理他，闭上眼睛打了个盹儿，车子开出了东京郊外，往久喜市方向东北自动车道开去，很快上了高速，渐行渐远。中间我们甚至下车在一个高速休息区抽烟，又加了一些油，他问我想不想吃东西，我让他给我买一打啤酒，放在后座的椅子上，一瓶瓶连续不断地喝，所以，整个下午，我都在喝酒，天微微黑下来后，我看了一眼啤酒，只剩下两瓶。而我居然没上厕所，当然，也不用吃饭。

在车的一侧尿了足足五分钟，将膀胱内的液体排光。看着弯弯曲曲的盘山公路，岛田也下了车，在离我不远处撒尿，他似乎在偷偷看我，这让我不太舒服，把身体背向他转了一个角度。

尿完，我们一起站在车边，他指着暮色当中山坳里的一个没几户人家亮着灯的村子，说："快到了。"

整个村子确实是一片死寂，村长君的家在山崖底下，岛田轻车熟路地往里走，他带了一只户外手电和随身携带的小手提箱：一只特别做作的染色皮雕古董箱，里面最多只能放下两条短裤一件衬衫。他站在村长家门口，大声喊了一声："睡了吗？有人吗？"

一个五十开外的女人披着衣服跑了出来。

"这么晚，您怎么来了？"

我们脱了鞋，进了屋子，榻榻米上全是被煎药熏过的味道。一个更老的老太太躺在屋子一侧，脑袋朝里，她一直在呻吟，头顶上挂满了形形色色的晒干的草药。

"这是村长太太，那是村长的母亲。"

"她不太好了，全身转移，转移到了骨头，全身的骨头疼得不得了。"村长太太低声告诉我们。

"什么病？"

"去东京查了一次，说是胃癌晚期，她说什么也不想治了，说死也要死在家里，就又回来了。"

趁他们两个寒暄的工夫，我站起身来，在屋子里巡视了一番。这是个半新不旧的房子，收拾得还算整齐，村长君的遗像放在客厅一侧的神龛内，我走过去认认真真地看了一番，感觉他似乎有一点点眼熟，又记不起来在哪里见过。他看起来和善、清瘦，像是那种很能忍耐苦难的人。

在他的遗像下方的供桌上放着一块手表，岛田随后来到我身后，他拿起了那块手表，转头问村长太太："你们在哪里找到了这块手表？"

"他最喜欢你送他的这块表，一直戴着，人没了，像你说的，消失在空气里似的，但不知道为什么，前两天，我们收到了这块表，放在一个盒子里寄来的，擦得干干净净，但表面的玻璃碎了。"

那块表的表带是帆布面的，表带内侧，用很小的字认认真真地写着地址，是村长家的地址，收件人是村长太太。

"这个字迹，是你丈夫的吗？"我问村长太太。

"确定无疑，而且他写我的名字的时候，从年轻的时候开始，就喜欢在名和姓之间画个小圈儿，多少年的习惯了，一直没改，所以我确定是他写的。"

"寄包裹来的盒子还在吗？"我问。

"没丢倒是，我去找找。"村长太太说罢，走到壁柜一角，取出了盒子。

那是一只寄送包裹用的纸盒，里面还套着另一只盒子，包裹上没有笔迹，只有打印出来的收寄件人信息。寄件方是东京失物招领中心，有工作人员名字，有电话。

我拿着盒子走到和室通往后院的走廊，坐在那儿给那个号码打了个电话，接电话的是个声音听起来很活泼的女孩儿。

"收到了一块贵中心寄来的手表，想问问你们是怎么得到这块表的？"

"能把包裹单号和收件人告诉我吗？"

我报给了她，过了一会儿她说："这块表是个行人捡到的，他就送到我们这里，因为表带内侧有失主的地址，我们就重新包装后，寄了出去。"

"这位行人有告诉你们东西是在哪儿捡到的吗？"

"我看看，噢，登记表里面有提到，在浅草桥桥场附近的灌木丛里捡到的，等一下，对方还提到这边上有冠木齿科医院和池田屋酒店。"

我挂了电话，把地方告诉了岛田，问他知不知道这个地方。他说那正是村长君出事的地方，那条街就在樱花桥和明治大街之间，再走几步就是河。

"在荒川区？"

"没错，你怎么知道的？"

"我在那一带住过几年。表带上用来钩住的豁口被撕开了，小铁针都松了。"我仔细看了看那块表的表带。

"确实。"岛田凑了过来。

村长太太也凑了上来，我问她："村长平时戴表仔细吗？有没有拉扯的习惯？"

"他相当爱惜这块表呢，总跟我说这是他这辈子戴过的最好的表了，总想将来能留给儿子什么的。"

"如果是这样的话，说明这是外力拉扯的结果，是不是村长自己在出事的同时，偷偷使劲儿把表扯下，往灌木丛里一扔呢？所以表面的玻璃也碎了，可能是砸到了什么硬物上。"

"有可能。"岛田认真回想了一会儿，"那条路的路边好像确实有灌木丛，村长被害前有没有扯下手表一扔的动作，我倒是想不起来了。"

"他为什么要留下这块表？光是为了留给儿子吗？那么紧急的情况下，谁也想不到要给子孙后代留什么遗产吧。"

"是有点儿奇怪，如果光是为了记下出事的时间，我就站在那儿，也没必要啊。"

我摇了摇表，放在耳边听，因为是机械表，它还在运行，并没有起到记录被害时间的作用。

我们三个人一起坐回矮桌，在一盏暖光灯下，桌子中央放着这块表，我们一起盯着它，看着它一分一秒地向前走。村长太太起身，说是去厨房给我们弄点儿吃的，我跟她打了招呼，在屋子里到处看看。

"我随便翻翻，可以吧？"我问她。

"这家里也没什么值钱的东西，您请便吧。"

我一路打开他们客厅的壁橱，里面无非是一些日用品，这个屋子里的杂物不算多，看得出女主人是个不喜欢收集破烂家当的人，柜子里的东西都是必需品：几双雨季时候用的长筒靴，叠得整整齐齐的雨衣，此外就是钓鱼的伸缩鱼竿，小军用板凳和一只水桶。

走入他们的卧室，打开衣橱，里面收拾得算是齐整，一些便装，一些和服，家常的浴衣和外搭，衣橱内有两个抽屉，拉开后，上面一层放着他们的家庭文件，几块发黑的银币，第二层空空如也。这里面肯定放过东西。我去厨房问村长太太，她正在煮荞麦面，从锅里往外捞。

我一边顺手帮她递料汁瓶，一边问她："衣柜里，抽屉，第二层，放什么的，过去。"

"地契，好像是地契。"她将热气腾腾的荞麦面放到冷水里沁，深褐色的面，会因此变得更筋道。

"什么地契？"

"村里的公共用地的地契，大概是吧。"

"很厚一沓吗？"

"不少，有这么多。"她比画了一下。

"他带走了？他上访不是去找鼓吗？怎么会带着村里的地契。"

"他也不是随身带着,好像是存放到别的稳妥的地方,他说有人盯上这些地了,我们这个地底下有东西。"

"什么东西?"

"他没跟我说清楚,大概是什么值钱的东西,我当时倒也问了,他说女人家不需要知道那么多。"

"还有谁知道他把地契放到哪儿了?"

"我不知道,这个老头儿要是想守口如瓶,那简直谁也拿他没办法。"

"谁盯上这些地了?"

"那我更不知道了。"

"有没有什么奇怪的人来找过他?"

"自从他开始到东京去上访,找鼓,警察来过了,问了一些不知所云的问题。好几个律师说要来免费帮我们诉讼,时间一长,陆陆续续都跑了。有些律师本来以为会引起报纸的注意,一开始还挺热情的,可是也没什么报纸派人来我们这样的穷乡僻壤,他们也就慢慢失去了兴趣。像岛田先生这样的人实在太少见了。"

我和岛田想帮她把吃的拿到客厅的矮桌上,她坚持说男人不能做这些家务事,让我们老老实实地坐下等着,她会一一送上。乡下女人的执拗真是太可怕了。

"他为什么要留下这块表?"我自言自语,继续盯着那块表看,灯光静静地照在它碎裂的玻璃表面上,那些裂纹在底下浅黄色的金属表盘上落下了一些斑驳的阴影。

"把家庭住址写在表带上也挺奇怪的,你不觉得吗?"

"他甚至用了防水针管笔,担心汗水或者雨水晕化了字迹。他已经做好了准备,说不定对自己要出点什么事心中有数,说不定这块表带着重要的信息,他知道捡到它的人,大概率是路人,会把它送回自己家。"我说,"荞麦面配白水煮豆腐汤好吃吗?"

岛田咽了一下口水:"这是我故去的老母亲最爱做给我吃的东西。"

"马上就可以吃到了,村长太太正往这儿端呢。"

说话间,轻盈得像一团暮色中的云的村长太太,端着托盘上来了。

"你知不知道这块表有什么特别的门道?"我问她。

她将一样样吃食摆在我们俩跟前,摇摇头说:"完全不知道,老头子是个沉默寡言的人,什么事情都喜欢自己藏在心里,不和我们说。"

"我能带走吗?"我拿起手表和那两层盒子,问村长太太。

她当然是同意了,她对岛田有着无条件的信任,顺带对他带来的人——我这个一脸无赖的浑蛋,也毫不怀疑。

我把表放在枕头边,我和岛田睡在同一个房间的榻榻米上,他把那只古董箱放在枕头边,从里面拿出一套浅灰丝绸条纹睡衣睡裤,当着我的面换上。睡觉之前,村长太太让我们分头去泡澡,她给我们烧好了洗澡水,夜里,她的婆婆不停地呻吟,痛苦万状的呻吟声,在安静的房子里像一把尖刀,刺穿了黑暗。一匹受了重伤行将死去的马或者驴,也许也是这样惨叫的。这个村里有无数这样在深夜里因为周身疼痛而惨叫的病人,骨转移,骨痛,癌症晚期,他们的声音汇集到半空中,像是一个永远也不会醒来的漫长的噩梦,是一架巨大的事关死亡的管风琴。

次日,岛田还在酣睡,他的脸紧紧地贴着那个宝贝古董皮箱，整个人缩在被窝里。我拿了他的钥匙，去车里后备厢拿了一瓶威士忌，他昨天打开后备厢时我一眼就瞄到了，惦记了一个晚上。那瓶酒实际上只有三分之二不到，放在一个储物箱里，没有封口。储物箱里也没别的什么，无非是玻璃水、擦车布和一根鸡毛掸子，以及一双浅褐色、带哑光金属绊扣的高帮军靴。

我拿走酒之前，顺带翻看了那个箱子，我有窥探他人隐私的臭毛病，随时随地，但是没有发现皮鞭、手铐或者女人的假发。村长太太已经做好了早饭，我一边吃早饭一边喝酒一边等着岛田睡醒，接近中午的时候他才像是一摊从岩石中渗出的血，一脸疲倦地坐在已经喝得有点蒙的我跟前。

"一晚上没睡好，老太太叫得太惨了。"他说。

"等你起床好去看放鼓的祠堂。"

"知道，说到老太太，她这会儿怎么无声无息了？"

我们一起去到客厅一角看，脸上苍白而灰暗的老太太一动不动，睡得正沉。我觉得有点儿不对劲，伸手去探了探她的鼻息，已经咽气了。叫来正在忙家务事的村长太太，她几乎马不停蹄地一边哭一边开始跑出去找亲戚，很快，闹闹哄哄地来了几个奔丧的人，我们趁乱离开了村长家。

"祠堂是个神圣而又亲切的地方，在他们的习俗里，你进去后得双手合十，低头数九下，让自己平静下来才行，不平静的人，可能会招惹祸害。"岛田解释说，他带着我绕过村子，走到了村子另外一侧的高处，这个祠堂不大不小，外边确实有条不小的车都可以开进来的石子路。

"那辆大越野车就是从这里开到门前，拿走鼓的？"我问。

"据说是这样的。"

"看起来也合情合理。"我试着走向大路，又从那里走向祠堂，侧面的树下，应该就是当时孩子们玩耍的地方，离从通车的马路走向祠堂的路线还有一段距离。当一群人簇拥着鼓飞速移动时，那些孩子都还来不及反应。

这时候还不太晚，但村长太太忙着处理死去的老太太，我们都没吃饭，临走前，我从冰箱里拿出一盒剩的紫菜饭团，和岛田边走边吃。他吃饭团的样子文雅得很，一小口一小口地咬，我三下五除二吞了三个。我们走进祠堂，所谓的祠堂，里面空荡荡的几乎没什么摆设，但十分安静，从天井落下来一道光。我不耐烦，早已把饭团盒子丢给了龟田，人高马大的他小心翼翼地端着这个盒子，跟敬事房的太监一样。

"那只鼓，本来就放在那个地方。"岛田又咬了一小口他的第二只饭团，咽了下去，一边指着那片光照着的地面说。那儿有个矮矮的台子，不小。我走到台子跟前，果然，那里有曾经放过一只大鼓所留下的印迹，大鼓的直径确实非常大，就像岛田所描述的，有三米宽，祠堂的门也确实又高又阔，一路通畅，足以让它像轮子一样转出去。因为每年拜祭祖先时，都必须把鼓转出祠堂，做完拜祭活动之后再把它转回原地。

"过去的鼓匠十分了得，他们说，这鼓虽然大，但是搬运起来却不像想象中那么麻烦，全是因为他们设计得好，做得好。"

"这也方便了被人抢走，这样一个庞然大物。"

"是啊，福祸相倚。"他突然引用了一句老子的话。

"你认为弄死村长和抢走鼓的人，是一伙的？"

"都开着灰色的大越野车。"

"他被害那天，你记住越野车的车牌号没有？"

"说来奇怪，我对此完全没有印象。"

"他们没有挂车牌？"

"除了天皇座驾,没有人可以不挂车牌,也许当时村长君被车轮碾轧的过程过于惨烈,我的注意力完全被吸引到这个场景中去了,忘了应该注意一下车牌号。"

"比如,有没有品川的字样?"

"品川更像是我这种爱慕虚荣的人才会努力争取的车牌。"

"那是,代表了大家族,大财团。"

"你看了放大鼓的地方,有什么想法?"

"我认为除了抢走大鼓和杀害村长之外,这伙人还干了其他事情。"

"比如?"

"不知道听起来是不是有点阴谋论,当你打算认定一个人有罪,就会想方设法找很多论据来说明他们所做的一切,背后有人在下一盘大棋。"我说。

"难道不是吗?村民好像在被驱赶、围剿。"

"那拿走鼓的目的何在?"

"这个鼓就像是这个村子的护身符,拿走它,村里人的心就乱了。"

"然后呢?人心即便是乱了,也不见得会一个个患上癌症,一个人得癌症尚且可以理解,一个村子的人,家家户户有病人,就太奇怪了。"我接着说。

也许,我潜意识里觉得问他,比我自己做推论要可靠,他在这个村子里,既是局外人,又是局内人,出入自如,有时候,提问是追索真相最好的方法之一。

"癌症的群体发作,一定有别的因素,可能是十分极端的手段。"

"福岛核电站泄漏之后,核辐射的受害者确实容易得上癌症，当年的切尔诺贝利核电站泄漏事件也是如此。"

"这里离福岛还有两三百公里之遥，何况，辐射是怎么来的呢？他们污染了这片土地，这片土地也就不值钱了。"

"我们去那家化工厂看看吧。"我提议。

我们回到村长家，感觉差不多全村人都来了，屋里坐满了人，村长太太说两个儿子尚未能赶回来，全靠其他亲戚帮忙。他们在一起商议丧事如何处理，屋子一角，老太太已经换好了寿衣，脸上盖着一块布，静静地躺在那里。

我们坐在屋子一角，喝了几口水，觉得百无聊赖，我便起身找村民们聊天。参加葬礼，对于他们这一年来，竟成为稀松平常的事情，村长的失踪已经被他们演绎成离奇被害事件，说他在去东京的路上，被一条从天上的乌云中冒出来的龙给活活叼走了。这里面当然有很多添油加醋的成分，不过村长这样的体格，一条龙要叼走他，是轻而易举的事，这个我倒是不怀疑。

村民们众说纷纭，都是道听途说，他们果真一致认为鼓的丢失，给村里人带来了一系列的厄运，这么多人得病，这么多人去世，廊下的风铃无端响起，井里的水泛起白沫，连自己孩子不听话，也都归咎于此。村民的话姑且一听，用来作为证据是不成立的，这当中没有人提到地契消失，他们似乎并不在意地契在还是不在。

"为什么村长把控了全村所有土地的地契？真是件怪事。"到屋外抽烟时，我问岛田。

"也许你不知道，这个村子确实是个罕见的公共财产统一管理的村子，也许是独一无二的。"

"所以这里的土地可以被打包抢走？"

"差不多吧。"

"村长的死因和地契的失踪,似乎有更直接的关系,对方的目标是夺走地契。"

"他本来是去追回大鼓,却稀里糊涂地拿着地契去见他们?这也太不可思议了吧?"

"他们有让他不能拒绝的理由,你认为什么理由他无法拒绝?"我问聪明的岛田。

"他无法拒绝的理由?"他又一连抽了两口烟,在廊下来回走了两圈,他走动的时候,风铃确实在轻微地响动,发出了一阵阵悦耳的乐声,一定是今年的风比往年大,让村民误以为是丢失鼓的后遗症。

我看了一眼屋内,说:"唯有至亲至爱者的性命。"

"他的老母亲?"

"是。"

"村长之所以那么急迫地想找回鼓,是为了救他的老母亲?"

"也许那些黑衣人幕后的老板让他拿着地契去见他,然后把鼓还给他。"

"地契换鼓,真是个残酷的交易。"岛田说罢沉默不语。

"这是个迷信的村子,相信鼓是整个村子的护身符,相信家里的猫在一天的开始先迈右腿,这一天就会有倒霉事儿发生。这样浓厚的迷信氛围下,村长本人都很难不相信鼓对于挽救他母亲生命的作用。"

是日下午,我们告别了村长太太,请她节哀顺变,然后踏上了归程。回去的高速路上先是起了雾,雾越来越浓,而后下起了冰凉的冬雨,雨水打在车后视镜上,似乎还带着冰碴儿。岛田把车内的暖风开到头,雨刮器像深陷泥泞的爬虫一样,一下一下艰难地刮去前挡风玻璃上的雨夹冰碴。

我让岛田送我回家，他坚持要请我吃夜宵，我们去了我住处附近的居酒屋，他说可以把车停在附近的停车场，好痛痛快快地和我喝一顿酒。我从来没有过车，也不关心停车费，他乐意这样就随他便。清酒加啤酒，喝多了，人就会像个氢气球一样，慢慢地在空气中浮起，顶在天花板上。当晚，岛田不停地让招待上清酒，我不停地让他们上大玻璃杯的冰啤酒，我们俩在喝酒的过程中达成了男人之间特有的一致。岛田，是个可以托六尺之孤的人，可惜，我从来不跟客户交朋友，结案之后，基本上不联络，除非他们给我介绍新的客户。

　　"你是怎么找到我的？"我问他。

　　"你的师傅，你的师傅是木暮沉先生，对吧？"

　　"没错，你怎么知道的？"

　　"我还知道你经历了一些不好受的事，在你师傅去世后。"

　　"因为一个案子进了局子，部分失忆了，有些事情想起来模模糊糊的，不过医生说，运气好的话，会康复，我也不去管它了。记得住记不住，对我来说都一样。"

　　"你师傅还在世的时候，一年多前，你们一起接了我和村长君的案子，找这只鼓，当时还因为鼓并不涉及命案，我们颇费了一番周折。"

　　"后来怎么说服师傅的？"

　　"我加了钱，加了不少钱。"

　　"这死老头子，到死都让我坚守这个底线，他自己却干出这种事。"

　　"他缺钱，没有养老金。"

　　"也没有医疗保险，唯一的房子是父母留下来的。"

　　"木暮先生真是一个很有意思的人，我们是找他找鼓的，结果他带我们喝遍了这一带的居酒屋,这家我记得我们也来过。当然,我买的单。"

"到头来也没找到?"

"不了了之,不过整个过程算是开心,三个男人,连带村长君天天喝酒。村长君喝酒是为了解压,我是难得有人陪我喝,木暮沉呢,就是爱喝,敢喝,能喝。"

"他说过,唯有酒才是他一生真正的朋友。"

"胜过女人和金钱?"

"绝对。我当时不太理解,现在也懂了。"

"你看起来还年轻啊,对生活还应该有热情。"

"是应该有热情。"

当夜,我们不醉不归,他跟跟跄跄地把我送到家门口,而后自己打了辆出租车离开。我坐在家门口的小长椅上一动不动,然后脑袋一歪,在那里睡了一晚上,半夜冻醒了,从椅子上爬了起来,想起自己已经在家门口了,便开了单元门,上楼。小公寓里的灯没关,亮了两三天,等我。

次日,我睡到了自己感到合适的时间才爬起来,窗帘没拉,冬日暖阳照在房间里,我在梦中听到山体坍塌的声音,泥石流从高处汹涌而下,将一群又一群蝼蚁一样的人席卷其中,死去的人都来不及惨叫一声,更不要说拉住其他人的手,一排排房子倒下,世界末日,地狱的景象。醒来却发现,我人还在异乡羁旅之中,睁开眼睛的瞬间,我打算办完这个案子后第一时间订机票回国,我不能再在这里胡乱做梦,胡乱生活,但哪里的梦不是胡乱做的,生活不是稀里糊涂过的?

在床上又躺了良久,午后,我胡乱洗了一把脸,抓起一件夹棉外套穿上,昨天晚上穿的羽绒服上全是岛田的呕吐物,只能把它浸泡在洗漱池里，不知道猴年马月才会洗。天气没有下雨但很冷，我步行去找一位相熟的表匠，他正坐在工位上发呆。

"喂，帮忙看看这块表。"

"又缺钱了？要卖啊？"

"卖屁，看看它有什么蹊跷没有。"

我把表从盒子里取出来，放在他跟前。

"六六年的芝芝芝柏表，不过表带换过了，这什么鬼，换成能写上字的破破破破表带。"表匠别的问题没有，看起来是个循规蹈矩、又瘦又小的老男人，但一着急，总是犯结巴。

"你可以拆，不要弄坏，不是我的。"我说。

他果然开了工作台灯，戴上老花镜，到一边认认真真地去拆卸。过了一会儿，只听到他骂了一句娘，扭头对我说："奇怪了。"

"怎么了？"

"有人改装过这块表，在表芯里装了个东西。"

"等一下。"他说，又过了好一会儿，他小心翼翼地用镊子夹出了一块很小的黑乎乎的小方块儿，像是塑料做的。

"这是什么？"

"搞不懂，这可不是我该懂的东西，你找别人问吧。我得帮你把这表组装好，一块真正的古董表，值得收藏。"

他组装好了表，放回盒子里，用一只小塑料袋装好那个黑方块，一并给了我。表匠嘴里含着一块薄荷糖，说话的时候口气清新。

我带着这个黑方块跑遍了半个东京，把可能知道它是什么的人骚扰了个遍，有个把人还留我吃了一顿饭，多数人只是摇摇头说："搞不清楚这是什么东西。"

东京大学先端科学技术研究中心的一位研究员将它放到放大镜下看了很长时间。

"这是一件军工产品，军方用的。"

"军方？"

"确切地说，是特工或者间谍用的。"

"是个什么？"

"一个录音用的小东西，数据怎么导出来我就不懂了。"

我可不认识什么间谍或者特工，他们又不会大模大样地走在街上，我只能去找歌舞伎町案内人李小木。李小木常年陪祖国大陆来的人吃饭、喝酒，席间坐着男男女女，我把喝酒喝得脸惨白惨白的这个湖南人，从一大堆喧闹的人里揪出来时，他瞪着牛大的眼，在昏暗的灯下看着我。

"以千计，有日子没见到你了，你还在干老本行吗？"

"干着呢。"我递给他一根烟，他竟作推辞状："戒了，戒了。"

"竞选个狗屁议员，连烟都戒了。"

"我又结婚了，"他笑着，小声说，"新太太很年轻，还想要孩子。"

"滚吧，第几次？"

"第六次还是第七次，你问这么多干吗？找我干吗？"

我递给他一小卷钱，这是从岛田那沓钱里面匀出来的，李小木帮了我不少忙，算是我的哥们儿。

"不能要，不能要，忙可以帮。"

"什么意思？"

"警方正在做我的背调呢，最近得收敛一点。"

"好吧，记在账上。"

"说，什么事？"

"这个小东西，你应该有朋友知道是什么，间谍系统的。"

"是要我拿走去帮你问问，还是直接去找他？我觉得还是你去找他比较合适。"

他从手机里调出来一个联系人，给了我电话，说这是个东北帮，其实是日本人，但是是东北帮。

"我又不是要找黑道大哥。"

他瞪了我一眼："让你去找他就去，废什么话，他不懂，也能帮你找到懂的人。"

果然，次日，黑道大哥在一所静雅的小茶室见了我，他的女人是个茶道老师，在一边做抹茶给我们喝，我没有耐心喝这种莫名其妙的抹茶，随便应付了一番。剃着板寸的大哥拿着我递过去的小塑料袋，附耳小声让女人出去打个电话，喊一个人来。过了十几分钟，那人就出现了，他穿着木屐和浴衣，热气腾腾的，像是刚洗完澡出来。

"告诉这位以先生这是什么。"

那人拿起小塑料袋，眯起眼睛端详了片刻，而后字斟句酌地说："交给我，我过几天给你一个U盘，把里面的录音导出来给你。"

我乖乖回家等着，岛田这期间过来找了我一趟，我们照例去喝酒，他喊了两个女孩陪我们喝酒，不停地帮我们倒清酒，以及一瓶瓶啤酒。他问我这两个里面有没有我喜欢的类型，我始终还是喜欢清瘦的女人，像莫莉那种体格，那种身型，那种五官。当晚我想把那个更瘦削的女孩带回家里，她不肯跟我回去，只愿意在情人酒店过一夜，这可能是我离婚后第一次和其他女人在一起。

我等了数日那人的消息，他既没有给我打电话，也没有上门来找我，而我并没有他的任何联络方式。到了一个礼拜左右，岛田又来找我喝酒，我发现他总是处于无所事事的状态中，有钱，但是无聊。他问我手表里的小黑方块调查的进展如何，我含糊其词地说："快了，再等等。"

如此又等了一个礼拜，在此期间我和岛田一起去了村长最后消失的那条街，妄图在灌木丛等处再找出来点什么，当然毫无所获。事情发生的那天，唯一的目击证人正是岛田，他走出来的那栋建筑物内又藏着什么呢？他临死前跟谁见了面？

我站在那条街上，那是一条平平常常的东京的街道，那栋楼，也确属毫无亮点可言的普普通通的楼宇。我去往物业部门，问他们的保安室负责人是谁，那人很快出来了，穿着制服，岛田和他可劲儿寒暄，想要调出村长失踪那日他在楼内活动的监控录像来看。保安室负责人脸上长着个痦子，面露难色，岛田像我一样，把钱卷成一团，和他握手时，塞到他的手心里，他那颗痦子顿时闪闪发光，恭恭敬敬地把我们请到监控室。

监控室内只有几台过时的机器，屏幕分辨率照例很差。

岛田告诉他："麻烦您调出二〇一一年十二月十七日那天早上电梯的监控视频，七点半之前的。"

他跑去隔壁房间查找，过了好半天，无可奈何地出来："那天零点到八点，监控系统检修，系统没有保存任何记录。"我和岛田对视了一眼，保安室负责人环视屋内一圈，似乎所有的摄像头上的小红灯都没有亮，他返还了那卷纸币的一半给岛田，岛田也并不客气，收下了。

"他们控制了这个楼的系统。"走出楼外，我说。

岛田沉默不语，他抬头望着这栋楼，那些沉默的窗户，每一扇都像是一位证人。

"怎么办？"过了好一会儿，他问我。

"他没有说实话。"

"你怎么知道？"

"隔壁房间不过是他的宿舍，很小的一间榻榻米房间，他进去的时候，我移动到看得到的视角看的，他只不过装模作样地在里边待了一会儿。"

"所以，这个应对方法他是早已经知道的了？"

"上了法庭也一样，那天确实系统检修，整个楼没有任何监控在运行。"

我厌恶这样的结果和天气，外面阴沉沉的，似乎有一场暴雪在酝酿之中。东京的雪总是来得猝不及防，比北京的、山东的雪要急性子，雪就像天上、人间的媒介，你说它是冰冷的，它同时也是柔软的，像一把又一把悲痛人世应该服下的药丸。

雪熬到傍晚终于下起来了，当时我正独自一人坐在野鸟居酒屋喝酒，然后接到一个陌生电话，对方说要送U盘给我，我才想起来是谁。他来时一身的雪珠子，面目黑漆漆地让人来不及看清，把U盘放在桌上，就告辞了，我也懒得去理他。喝够了酒，把U盘揣到兜里回家，我家里有一台能够读取这个东西的台式机，回家后，我却忘掉了，裹着毯子昏昏沉沉地躺在沙发上，一觉睡到天亮。第二天，雪也许昨晚下了一夜，但架不住白天的气温升高，融化成脏脏的路面。我从床上蹦起来，好像听到了门铃的啸叫声，醒来后却什么声音也没有，屋里安静得像世界末日一般，一层又一层看不见的灰，从天花板上落下来。我习惯了这末日的幻觉，也期待被审判，我未来要去的地方有十八层,到底要住在哪一层,才是现在要认真考虑的事。

U盘插入电脑主机上的插口,屏幕上出现了播放器的窗口,将音量调到最大,前面一阵刺刺啦啦的噪声,而后传来了两个人对话的声音,我猜测那个近的声音是村长君的。

"带来了?"

"带来了,请你过目。"纸张展开的声音,我猜是地契。

"刚才你也去地下车库看到鼓了,完好无损对不对?今天我就派人给你拉回去。"

"今天我既然来了,你也不要再瞒着我了,贵财团怎么称呼?"

"问这么多吗?"

"土地转让手续总是要办的,办的时候总得有下家的名号吧?"村长君缓缓地说,对方沉默了。

"到时候你自然知道。"

我意识到,在那个被他称为老地方的破旧旅馆里,我错失了一些线索。

"不如我们回那里去?"我拿起餐巾纸擦擦嘴。

我们离开早餐铺,外面的街道热闹起来了,上班的人群在等红绿灯,每个人都跟白蜡一样惨淡可怜。他们都是生命的寄居蟹,如果一个个举起来放在灯泡前看一看,会发现他们的身体里面是透明无物的。所以,这些看得见摸得着的人,当真存在吗?我稀里糊涂地这么想,但不想把这话说给岛田听,这家伙酷则酷矣,但未必理解得了我说的糊涂话。

回到旅馆时正是正午,光线很好,二〇九房间一切如故,我直接去往卫生间，取下马桶箱的盖儿，伸手去摸，里面残余的水垢摸起来滑腻腻的很不舒服。作为一个马桶修理的老手，我敢保证里面的每个零部件都是原汁原味，从未被人换过。当然了，水里也没有油皮纸包着的什么秘密文件，或者钞票。

厕所狭小得别无可以藏匿物品的所在，我拿出随身携带的小军刀，拆卸盥洗台的下水口，空空如也，盥洗台的迷你镜也被我拆了下来，后边的墙体很正常。然后是门边照明灯的开关盒，哪怕有头发丝那么小的东西，也一一检查。

"喝再多的酒，也不等于视力会减弱，喝酒伤害的不是眼珠子。"我跟岛田唠叨，他继续坐在席梦思上抽烟，一根接着一根，密不透风的房间顿时烟雾缭绕。我走到他身边，弯下腰，用刀划开席梦思，一横一竖划了一个十字，里面的海绵跟弹簧毫不客气地蹦了出来，像肢解了一个胖子，脂肪那么肥厚，骨头却寥寥无几。

耳边似乎传来莫莉远得不能再远的声音："你干起活来就跟个找不到药片嗑的瘾君子一样。"

在席梦思靠近枕头的那一侧，我终于摸到了一样东西。拿出来看，是个小到不能再小的封口塑料袋，跟警方保存纤维那类小证据用的袋子差不多大小，粗看空无一物，用手摩挲，才发现里面放着两片近乎无色透明的硅胶片。

"什么东西？"岛田凑过来，眯着眼睛看。

近乎无色透明的两片小硅胶，在正午照入房间的阳光下显得无牵无挂，悬浮在塑料袋中。

"好像是隐形眼镜，我老婆常年戴，所以我知道。"我说。

"你觉得是村长君留下来的？"

"不然呢？"我看了他一眼，"不是所有住店的客人都需要这么费心地藏一个东西的,而且,一般来说,隐形眼镜需要泡在药水里,这个东西却可以直接放在塑料袋中,摸起来还完好无损,这不是普通镜片。"

我们对视片刻,然后我走到卫生间,站在布满污点的镜子前,取出一片镜片。

他跟了过来,站在我边上:"你要戴?这可是证物,至少应该拿到什么实验室检测一下,了解它们的成分吧?"

"知道村长君为什么要找我吗?我就是这么个不讲规矩的人。"

用两个手指头撑开左眼的眼皮,右手粘着镜片,忍着不适感,试了好一会儿才勉强戴上。单眼独视,左边的世界跟右边不太一样,灰度增加了一级,暗淡一些,我急需一些立体感,于是又戴上了右眼的。闭着眼睛,在黑暗中,慢慢适应这两只滑腻轻薄的镜片贴着眼球,在眼球表面形成了一层若隐若现的水雾。渐渐地,视野转向清晰,眼前是火车站台,一辆热气腾腾的火车停在站台上,它是灰色的,外观与新干线上跑来跑去的那些列车无异。

我站在某车厢的车门前,车门已经打开,站台上近乎空无一人,有个人从车上走下来,不知道为什么,我觉得我认识他。

"我就是那个村长,以千计君,你可能不记得我了。"他对我说。

我们像老朋友一样,没有那么多话说,彼此熟悉的程度超过了现实生活,不像是第一次见面,第一次在这样一个站台碰头。

"你没有死?"

他的眼神那么空洞,脸上的肌肉紧紧绷绷,脖子硬邦邦地从衣领中挣扎出来,生命的迹象似乎已经不在这个身体内,作为谋杀案的被害人,他在这里出现只是为了告诉我凶手是谁?

他点点头,眼睛里面突然涌上一层泪。

"有什么想告诉我的?"我又问。

"希望你告诉我那个整天在家哭哭啼啼的老婆,我在这里吃得饱睡得好,再也不用那么提心吊胆地生活了。"

"我会转告的。"

"也顺带跟我老父亲说,别再上街拾荒了,家里虽然不富裕,但生活是足够的,万一有问题,就把后屋那两间闲置的房间租出去。"

"明白。"

"至于两个小孩,都成家立业了,让他们好好工作,一味打官司只是白白耗费力气。"

"到底是谁杀了你?"

"杀我的人,现在不在你们那里,他们从来也没在你们那里过。"

"跟那个鼓又有什么关系?"

"那个鼓,"他想了一下,"本来也不是你们那里的东西,很早以前,寄存在你们那里了而已。"

"你所在的地方,可是我们说的天堂?"

他摇摇头:"哪有那么神,只在你们隔壁一寸的地方而已。"

"但我们看不见摸不着。"

"是的。"

"不管怎么样,知道你实际上还没有死,还是让人安慰的,岛田君很担心你。"

"他也许也待不久了。"他说。

我大惊失色，伸手，揉搓自己的眼睛，把隐形眼镜抠出来。

在那一瞬间，旅馆房间传来重重的关门声，岛田的脚步声消逝在门外。

2011 年 9 月 11 日，改订

2019 年 6 月 21 日，重修

长沙白夜行

我手里提着个蛇皮袋，站在长沙长途汽车东站冰冷的站台上，瑟瑟发抖。这是二月中旬，刚出了正月十五，我从湘西吉首搭汽车来到长沙，来长沙的目的为何，完全没有想明白。初春或者说晚冬的雨夹雪正不紧不慢地下着，空气中弥漫着一股酸不拉几的味道，那味道也许来自这附近的腌酸萝卜店，染红的萝卜腌着当零嘴儿吃。

　　我第一次来长沙，长沙可见的只有朋友米高，没见过面，我们相识于微博，那时我还在日本，他总是跑来评论或者点赞。这年头，打过电话，发过Email，却从未见过的人，数不胜数。我去之前在微博上给他发了私信，他给了我他的手机号，如此便接上了头。在某个场合听人说起过他的过去：在长沙创办过一家出租车公司，旗下有一百多辆老款桑塔纳，他自己也开了一辆，有时候上街拉拉客，打发日子。有一天，不知道为什么厌烦了，将车行转手，开了个小书店，专门卖那种一年只能卖一两本的冷僻书。书店名叫"摩西，把房梁抬高！"，塞林格会从深深的地下，发出一声冷笑。

　　他的书店在麓山南路上，那一带全是高校，就在一家青年旅馆的斜对面，每天来来往往的都是一些穷开心的大学生，坐在地上哗哗哗地翻书，未必读进去了，也未必买。书店的店门不算大，门口支着一把半旧不旧的户外篷布伞，底下有张木头圆桌，两把破椅子，椅子已经快要垮了，坐在上面你都不敢大喘气。他正把后院扩建成夜间酒吧，所以延伸盖出去的地方放了桌椅，还有一些温室里的大丛植物，滴水观音、芭蕉和天堂鸟之类。在一角点了个电炉子，上面盖着军用毛毯，军用毛毯让我感觉格外亲切，我的蛇皮袋里就有一条。

一个电话打过去，他把我从车站接到了书店，请我坐在电炉边上，在膝盖上盖上毛毯，给我倒了一杯热腾腾的绿茶。湘西吉首的绿茶，漫山遍野都是。

"你来长沙，有什么安排？"等我喝了一口茶，食道被烫得一哆嗦，他问我。

"不知道，我又不是领导，能有什么安排。"

"就是想去哪里逛逛，想吃点儿什么，有什么想法？一个年轻人说话这么悲观，怎么行？"

"完全没想法，待一天算一天吧。再说，我也不年轻了。"我老老实实回答，我已经打算住在斜对面那家青年旅馆，找个六人间或八人间的床位，上铺，即便闻到脚臭味那也略微淡一点，至于半夜的鼾声，可以用耳朵塞卫生纸的办法减弱，睡着了也就听不清了。

在山里住了两个多月，我对城里生活完全不适应，听到汽车喇叭声心脏就狂跳。我住在一位老朋友家，他们选择在山里种田养娃，既种水稻也种菜，自给自足已经没问题了，还想种点儿可以卖掉的经济作物，挣点儿零花钱。孩子送去幼儿园没两天，又接回来了，感冒感得前围兜上都是鼻涕。我去找他们完全是机缘巧合，而且那个女孩，过去跟我有过一段不解之缘，只是她老公不知道。在此之前，我刚从日本回来，在北京的一个小破招待所里住了半年，看着窗前的电线杆子，想象着把电线缠在脖子上，一了百了的快感。

我重新成为一个没有家的人也快六年了，"家""老婆""孩子"那些词，统统成了我的禁忌。

我跋山涉水去找大学老同学，两口子，他们正在垦荒。昔日的一线刑警和法医，看腻、摸腻了尸体，改行务农，要去建设社会主义新农村，把附近的一片荒废的山地变成茶园。我住在他们家的阁楼里，住下的当夜，山上就悄没声地下起了雪，雪静静地落在未来的茶园里，具体又真实。我躺在那张小床上，觉得躺得毫无道理，如果躺着意味着不用起床小便，也不用下楼吃饭，那会简单一点。我当时的心情跟木乃伊一样，心理上缠了那么厚的纱布，内脏已经掏空，"老二"切割下来垫在后脑勺下，当个枕头都嫌小。过去生活的困扰还在，但我不想细究。

我刚刚三十五岁，一月二日的生日刚过没多久，但我也没过生日的习惯，没有必要，人生的基本状态是浑浑噩噩、一事无成，除了脑子里总是有很多念头，可以说，我是念头加工厂，一个又一个的念头每一分每一秒，从大脑深处那个泉眼里源源不断地涌现出来。以前我挺享受这种念头涌出感的，觉得自己活着，在新陈代谢，最妙的部分就是念头还在涌出，岩浆一样涌出，永远不会停止的念头。

"离婚了？丢工作了？这么垂头丧气的。"米高问。

我没说话。

"快别发愁了，马上过来一个女孩，我们长沙市最漂亮的，包你一见解千愁，我看你丧成这样，非得下一剂猛药不可。我为了接待你这个远道来的，可是下了狠功夫了，回头看你怎么谢我。"

米高二话不说打起了电话，那边倒也爽快地答应了，这跟米高把我夸成一朵向日葵，天上有地下无，不无关系。半个小时后，她从远处走过来，她那么美，不用看脸上的细节，仅仅是从远处走过来的姿态，跟模糊不清的身体线条，足够作为判断依据。

"这是大牙。"米高介绍说。她笑着跟我打招呼，像一艘白帆船在阳光灿烂的日子里，自湖上缓缓行过。

"大牙？这个名字……很奇怪。"我不知道该说什么，只好说。

"看！"她居然张开嘴，让我看她的牙齿，两排雪白的牙，以前说跟贝母一个样，她的其实也不例外，每一颗都形状精巧而又饱满，散发着骨瓷般的幽光。牙齿与牙齿之间，致密而又齐整，边沿像象牙削出来的，上面还留有一道天然的划痕。

"你不觉得大？"她吐了下舌头问我。

说实话，只是两颗门牙略微比常人的大一点点，但以她的样貌，配上细密的牙齿未免过分完美，上帝太不公平，普通人会自惭形秽地在她出门的路上撒图钉的。

"这是以千计，"米高转而介绍我，"他是……嗨，让他自己说吧，我都说不清楚，这么多年我就没搞清楚他到底是干吗的。"

"为什么说不清楚？"大牙转而问我，她说话的时候，嘴角总是带起一个梨涡。

"一句话说不清楚。"

"国安的？造手榴弹的？印钞厂？"她三连问。

"都不是，你干吗不坐下？"

只有我跟她坐下了，我们在一张四方桌下，围着军用毯，上面带两条暗红的线。我跟她的膝盖在毯子下几乎紧挨着，米高去收银台帮一位买书的客人结账。

她看了我一眼，她的眼睛不算很大，但形态动人，眼间距尤其恰到好处。看人的时候，仿佛耗费了她的半条命，那么用力那么投入,男人看到这样的眼神,除了立刻爱上她,也没别的办法。她像看着一只远古生物一样看着我,我不修边幅,不按时理发,不按时吃早饭,就那么把所有对生活的报复,结结实实地落回到自己身上,看起来当然古怪。那胡茬、乱发和军绿色破羽绒服,搭配在一起好像漏雨的老屋,里面种着大蒜和葱。

我估计她在想:这个人从哪里来的?怎么跟个田间大老鼠一样。

"那你到底是干吗的?"她继续盯着我看,重点落在右边脸颊靠上面一点的地方,那块肌肉长期不用,僵直板正,在她的盯视下,忍不住微微抽动了一下。

"说起来很啰唆,简单说吧,我曾经是个私家侦探。"

"哇!"她果不其然掩住了嘴。

"不过现在不做了,那时候我在日本留学,学了法律,毕业后工作了一段时间,相当于片警的岗位。受不了束缚,到一定时候就辞职了,跟着师傅开了家侦探社,其实什么都没有,除了一部电话,自己跑到闹市区分发名片,就那么干起来了。"

"太刺激了,一定有很多刺激的事。"

我看着她,她脸上的明暗分布比例实在特别,三分之二是蕨类植物,三分之一是风信子。

"我主要接刑事案,所以分发名片基本上就是充充门面,过路人哪有那么多被杀的亲戚朋友。都是些死人尸检之类的事,开头的时候确实觉得刺激,时间长了,跟做小时工差不多。过去,勘查现场,跟警察一样戴着白手套,用我自己的方式做点简单的分析。按小时收费,所以有时候出去工作,就故意磨磨蹭蹭,这点跟来家里干活儿的小时工异曲同工,因为回家也是上网打游戏睡觉，无聊得很。"

"说一件你印象最深刻的案子。"

"最？没有，都很平淡无奇，得罪人了，被杀了，杀完了直直地躺在公寓地上，有的血流了一地，有的连血都不出。那些扎不出血的人不过是被事先放了血，医生是处理活人的，我们处理死人，如此而已。"

我没告诉她其中有一个犯罪现场是过了半年才被发现的，进去的时候，恨不得草都长起来了，冰箱里也跟野外一样壮观，马桶里浓缩了半个银河系，打开卫生间的门，人马座先忍不住往外奔。主人死了，家里一片荒芜，连养的一只猫也饿死在窗台上，匍匐的姿势清晰可辨。

"你做了多长时间侦探，为什么不做了？"

"九年，还是十年了。犯了事儿，被吊销了执照。"

"为什么，什么事？"

"莫名其妙的事，我都说不清楚。"这次，我是看着她的嘴唇说的，想象它的柔软。

"好可惜啊，你要是一直干下去多好啊。"

"是。"

"在国内不能干这个了吧？"

"不一定，不过不能做刑事案，都是一些帮妻子抓二奶的鸡零狗碎的活儿，不干也罢。每天盯在人家家门口，等着窗帘被风吹起一角的滋味实在狼狈。别说我了，你呢？你做什么的？"

"我？我在马王堆博物馆当解说员，每天的工作就是向游客们介绍那具著名的女尸。"

"辛追夫人？"我隐约有点儿印象，那是个滑稽地吐着舌头、肥胖的贵族妇女。

"解说员这份工作是老爸硬给找的,虽然是个那么低的岗位,但也算体制内的,有编制。他学考古的,总觉得世界上最重要的事情就是把地底下的古墓统统刨出来。他让我学考古,我不干,整天灰头土脸地戴着草帽蹲在那里,拿一把小刷子刷来刷去,有什么意思?后来,我自己去学了调酒,但还不知道去哪里找工作,现在的好工作都藏在大楼里,可是我一点儿也不想去大楼求职,楼里走出来的人,再年轻也显老。"

好在她认识米高,米高店里也有咖啡卖,他打算晚间增加鸡尾酒,这样陆陆续续会有一些常客夜里来这里喝点什么。

"说到酒,你喜不喜欢洋酒,比方说伏特加?"我说。

"外国的二锅头。"

"话虽如此,我还是喜欢伏特加,什么也不加,最多加点冰。"

"我认识的有个人喜欢二锅头,一次喝二两,跟个老头儿似的。"

"北京人?是男朋友吧。"

"河北的,但早已经分手了,不重要了。"

"那你现在孤身一人?"

"这个词听起来好凄凉啊,"她忍不住大笑,"你再说我眼泪都要掉出来了。"

"哦哦,对不起。"

但我瞥见她的眼泪已经迫不及待地掉出来了,自前妻莫莉之后,我还没见过第二个会如此迅速地由常态转向伤感的女孩。她扭过头去,用手擦眼泪。我有些不知所措,到处张望着找纸巾,该死的米高不知道跑哪里去了。

"没事。"过后她将米高倒给她的橙汁一口气喝光,情绪也和缓了下来。

"是初恋吧？初恋都是这样的。"

"我是狮子，他是天秤，天生不搭。"

对于星座什么的，我从来都半信半疑。比方说，我是摩羯，莫莉是水瓶，我们的生日在一月份的头和尾，我们也曾好到恨不能套到一个套子里，喝水刷牙全用一个杯子。到头来还不是好聚坏散，分手分得跟个疑案似的。

"感情这种东西，过去了就过去了。你可以重新再来，世上有的是人，特别是男人。"我安慰她。

"别胡说八道了。"

"我见过许许多多的死人，对活人的事儿，却也懂得比你多，信不信？"

"我又不是没见过死人。"

"请举个例子。"

"不能说，至少不能告诉你，别忘了你是个侦探，比警察还隐蔽，还阴险。"

"你又不是杀人犯，你用不着怕我。"

我转而看她的耳垂，那么精巧的耳垂，没有打耳洞，上面有一些肉眼可见的小绒毛，可以想见用舌尖轻舔的触感。跟一个新认识的姑娘睡觉，和跟她共度一生是两回事，我脑子里想的都是前者，前者无疑要简单得多。是啊，我只是太久没跟女人睡觉了，身体里关着的小野兽蠢蠢欲动，它在磨爪子，它撼动铁栏杆的力气超过了我的想象。

米高忙完了店里的事情，他请的店员来上班了，他走了过来。

"不如今天去你男朋友那儿吃口味虾？"

"他没在。"

"没在最好，碍事儿，我们去吧。"

这么好的女孩儿，没有男朋友才怪，虽然内心有点怨恨米高不负责任地没有告知我详情，但我还是打算去见识见识这个幸运儿开的店。那家口味虾店开在五一广场，店名叫作"龙又虾"，谐音像是"聋又瞎"，店面设计走复古风，将一只绿皮火车的车头直接搁在店里，半嵌入墙内。挂着小吴门糖水铺、童广兴槟榔铺子、民国照相馆等旧时的店招。这家店生意非常好，米高说，在长沙，爱吃口味虾的人不分男女老幼，但现在不是小龙虾当季的时候，最早的口味虾，也就是小龙虾，要到三四月份才有，但这家店居然一年四季都能进到新鲜又肥美的小龙虾，这就是他们的厉害之处。店里的伙计看到米高和大牙，都是很熟络的样子，大牙招呼我们坐下，拿来餐巾纸，像个老板娘的做派。她走路特别轻，虽然个子不小，但体量轻盈。

"这家店的小龙虾哪儿来的？"我问大牙。

"去湖北潜江养殖场进的货，他这几天就在潜江，离长沙三百公里，开车过去也就三四个小时。"

米高给大家布了碗筷，她又小声对我们说："我们其实已经分手了，米高知道，店里的伙计还不知道。"

"你真是蠢透了，十七有什么不好的？开了这么火一个店子。"米高这么一说，我知道了她的男友叫十七。

听说他们分手了，我松了一口气。店里热气腾腾，每一桌至少点两三种不同做法的口味虾，大牙说，要想吃不辣的就要原味蒸的，要想特辣特地道的，就吃老长沙口味的。

"当然是老长沙的，他们店的酱爆口味也不错。"米高插嘴。于是我们要了如上所说的三种口味，米高说，长沙人吃口味虾吃出魔怔来了，居然还有量子烹饪的口味虾，其实都是噱头。

很快，三大盆口味虾陆续上桌，每一份都红彤彤的，大牙发给我们每人一副一次性手套，她自己却不戴。

"你干吗不戴？我也不喜欢戴这种手套。"我说。

"一戴上，我就觉得手感不好，徒手将龙虾肉从壳子里剥出来的感觉，多有意思啊。"

"嗯，你就喜欢什么都是直接接触。"米高插嘴。

"这个梗你玩了多久了，还不腻？"大牙斜眼瞪他，她连生气的模样都那么动人。

这家店比外边暖和很多，人多翻台多，我们三个人开剥虾子，顾不上说话，大牙大声喊伙计。

"小吴，小吴，搞三扎啤酒来咯！"

"不喝哟，那昨儿晚些滴酒还冒醒。"米高急劝。

"你国样就冇味哒咯，你的酒量我还有得哈数。"大牙说起长沙话，辣极了。

我当然想喝，得喝，吃口味虾尤其要喝冰啤酒，辣哈哈的就着冰凉的啤酒灌到肚子里，数九寒冬也不怕。米高嘴巴里说着不喝，身体却很诚实，酒一上来就自动地开始为大家开瓶，分发。

"给小以接风，我们是多少年的网友了，有缘千里来相会。"

"何止千里，北京到长沙不止一千公里吧？"

"一千五百公里，我过去喜欢长途自驾游，跟车友会哪儿都去过，为了去伊春，路过北京。"米高说。

"你会开车吗？"我问大牙。

"我是天才女司机。"

"哦，那以后靠你了。"

"男人会不会开车不重要，在长沙，有些男人的虚荣心就建立在车上，他们个头小，不坐在车上不行。"她别有深意地看了我一眼，那一眼快把我看成粉末和灰，那锥子般的眼神，幽深、神秘、让人魂飞魄散。

"你又说十七的不是。"

"真真切切撒，个子小的男人就喜欢养大狗，开大车，找高个子女朋友。"

"都像你这么高，长沙妹陀都要把自己埋到坑里去了。"

他们俩用长沙话你来我往，互相贬损、讽刺、打击，我在一边闷头喝酒。我们三人吃的口味虾，渐渐在桌上堆起了三座小山，大牙坚持不让服务员送来放壳子的盆，说吃口味虾就要这样直接堆在桌上，真真切切地看着它堆起来。

我们吃得差不多了，大牙站起来要去收银台买单。

米高喊住她："记账上。"

她还是微微有些跌跌撞撞地走向收银台，我跟了上去，总觉得不应该让一个女人买单，但她火速地掏出信用卡塞给正在收银的胖乎乎的男店长。店长又胖又高，面对着大牙像一只发育过度的帝企鹅。他不敢直视大牙的眼睛，小声推托："牙姐，不用了不用了。"

"算我的，那就。"米高过来说。

"不用了。"

"那算了，那我们走啦？"大牙说。

"我们老板还要多久回来？我给他发微信他也没回。"店长怯怯地问大牙。

"他说这次要多考察几个养殖场，还得过段时间。"

我们三个人回到街上，米高喊了个代驾，他正等在门外，米高问大牙回家还是怎么着，她又看了我一眼，在昏暗中，这也许是我的错觉。

"你能不能陪我去十七家里搬点东西去宿舍,十七这几天随时都要回来,我可不想再见到他。"

"我喝多了,头昏脑涨的,咋个搬东西么。"米高说。

大牙嘟起嘴,做出生气的样子,我跟她说:"你让他回去,我陪你去。"

米高顺势就带上代驾走了,说是喝多了,走起路来生风,比兔子还快。这是男人之间的默契,我很庆幸能够这么快与大牙单独相处片刻,我们沿着五一大道走向江边,不用说,那条江就是湘江,她一路上了桥,我也跟着走,那座大桥叫作橘子洲大桥。江面上的冷风吹来,把我喝下的酒吹成了冰,胃里开始像出现冰坨子一样难受。

"长沙一点儿意思都没有。"她喃喃道,像是说给她自己听的,又像是想要让我顺带听到。

"想不想去别的地方?"

"能去哪儿呢?"她在桥上站定,望向空荡荡的江面,两岸都是高档江景房,那种高档也无非是玻璃幕墙造就的幻境。没有显而易见的光,那些幕墙上完全没有办法反射出任何光,江水是黄浑的、凝滞的,水里可能灌满了胶水,好掩盖水下肮脏的秘密。我似乎看到成千上万吨口味虾肢体的残骸,被倾倒到这条幽暗而巨大的河里。

大牙往河里吐了几口,我一边拍着她的后背,一边等她平息,她说自己其实有胃溃疡,不能吃太辣的东西,今晚实在忍不住了。我招手拦下了一辆出租车,我们上了车,坐在后排,她顺势把脑袋靠到我的肩膀上,像是久违的老朋友。我忍住亲吻她额头的欲念,她光滑无痕而又闪闪发光的额头,她的头发非常柔软，还有年轻女孩身体的气味。

"你这么年轻，怎么会有胃溃疡？"我的脸颊紧贴着她的头发。

"不知道，也许是吃的东西口味太重了，太辣太荤，但我就喜欢吃不好消化的东西，胃壁与食物的摩擦越强烈，对我越有吸引力……"

我斜着眼睛，看着桥上的路灯斜射进入车里，也走了神。后面她说了什么，我几乎听不清楚，也听不进去了。从这个角度可以看到她的嘴唇上有细细的绒毛，嘴唇的形状真是让人浮想联翩。

活着不过是场轮盘赌，飞速前行的出租车也不过是个移动的赌场。

车子转向岳麓大道，路过市政府，不多久就到了她要去的小区，小区名叫长房西郡，是个崭新的楼盘。下了出租车，她抢着付了车钱，让我跟她一起上楼。八栋，十九层，从电梯内的楼层看，最高一层是二十一层。她让我在电梯间等她，说是家里太乱了，不适合接待客人，兀自开门进了一九〇三室。我站在电梯间一侧的窗边，打开窗子又关上，风实在太冷，冻得人直哆嗦。我想抽根烟，却发现打火机没带，只好去敲她的门，头发侧分的她应声而来，将门打开了不大的一个缝。我瞥见里面亮着灯，但几乎是空荡荡的，带外包装箱的洗衣机放在客厅正中央，三星牌的。

她进去帮我找打火机，进去的时候门是全然合上的，我也没有去推开它，然后打火机又从那个门缝里递出来给我。时间过得特别慢，我在外面一根接着一根地抽烟，杂念纷呈，后悔没带一小瓶白酒，没有白酒的话，自己站在这冷飕飕的楼道里到底在干吗。

　　过了许久，大牙喊了我一声，吓了我一跳。她叫我"喂"，像是我们已经在一起生活了大半辈子，她是料理家务料理得精疲力竭的老婆，而我是袖手旁观、好吃懒做的丈夫，我帮她拿过那只黑色大号旅行箱。旅行箱是个铝框箱，目测是三十二寸，三十二寸的话，官方制式大概是三十七厘米厚，四十五厘米宽，八十一厘米高，如果我没记错的话，我总会下意识地记下一些奇奇怪怪的数据，以备不时之需。

　　她随身还背着小小的黑色铆钉真皮双肩包，那个包塞满了东西，拉链几乎就要扯断了。

　　旅行箱很重，这个牌子我居然知道，德国平流层，万向轮技术不错，在平地上可以轻松地拖来拖去。但这会儿它超乎想象的沉，沉得像一只怀了十二只猪崽儿的母猪，肚皮一直垂到地上，紧贴着。

　　"装的什么啊，真沉。"我说。

　　"乱七八糟的，有一些书，一些衣服，可能书还真不少。我就喜欢买书，但几乎不读，零七碎八的就积攒了很多。"

　　"也舍不得扔？"

　　"舍不得，这个毛病还得怪我爸，他从小就把我放在新华书店，新华书店就是他的托儿所。为了让我老老实实地在那儿看书，他总是给我买牛肉干猪肉脯这类平时难得一见的零食，他可能不知道我喜欢吃生的冷的东西，不然会交给我一盆大肠刺身的。"她一边说一边笑，口中呵出顷刻成冰的寒气。

　　电梯里，我看着她，她那么美，随着电梯下降的速度加快，即便打开电梯的时刻外边是地狱的熊熊烈火，我也会毫不犹豫地冲出去。我看着电梯冰冷的四壁，气温让它拒人于千里之外，如果把一根手指头的指尖儿按在电梯随便什么地方，那里的皮肉就会撕下来，粘在上面，寒冷让皮肤的感知麻木了许多。我们又打了一辆出租车，就在路边拦的，车子猛地停了下来，司机一动不动坐在车内，也不出来帮着抬箱子。我不想让大牙帮忙，但一个人抬起来实在困难，她帮我扶着侧面的拉手，就这样连拉带拽放到了后备厢内，和一根脏脏的拖把放在一起。

车子停在一个黑漆漆的小区外边，里面没有路灯，只门口有一盏，沮丧地垂在那里。我帮她把旅行箱搬了下来，出租车司机还是没有下来帮忙，后备厢盖子一合上，车嗖地就开走了。大牙从我手里接过旅行箱，跟我道别，那意思是不需要送她进小区了。

"宿舍里乱糟糟的，可能还有其他人。"她说，眼睛在黑暗中亮晶晶的。比起她的眼睛，夜晚就像一把锈迹斑斑的锁头，无论如何也点不燃、打不开。

"那你小心点儿。"

"我回头给你打电话，我会给你打电话的。"

她走了，加倍的孤独向我袭来，全部的孤独加起来，像是从地底下爬出来八个小孩，每个人身上有八只手，紧紧地抓住我的脚踝、小腿和膝盖，我的脚心肿胀而四肢乏力。我想了想，打算走回书店，这里离书店不算远，也不算近。一路走一路问人，可算走到了，身体热乎了许多，这时候已经是夜里十点出头了。米高的黑色大众速腾静静地停在书店门口，门已经关了，我去敲了他的门，他睡眼惺忪地来开了门。

"你怎么回来了？"

"不回来睡哪里？"

"也对，心急吃不了热豆腐。"他一边打着哈欠一边嘟囔。

我没搭理他,取了行李,跟他打了个招呼,他已经又躺下了,含糊地答应了一声。我带上书店侧面的小门,独自一人去往斜对面的青年旅馆。所谓的青年旅馆,无非是简陋但小有装修的宾馆,入门处有一只巨大的鱼缸,里面放着假的深紫色睡莲,和几条金鱼,其中一只肚皮朝上,其他几只瘦瘪瘪地躲在睡莲叶子底下。

两个值班的服务员正在打牌,一男一女,女的还在嗑瓜子,男的伸出手指头,时不时地从她两唇之间抠出来一颗瓜子仁儿,塞到自己嘴里。我站在他们跟前良久,他们都没发现我。

"六人间还有吗?"

"没了,八人间还有一个铺位,上铺,要吗?"女的说,抬头看了我一眼,并没有停止嗑瓜子。

"可以。"

"身份证。"

我给了她身份证,上面的照片糊得跟火烤过一样,她也毫不介意。这时候轮到男的嗑了个瓜子仁喂给她,她一边张嘴含住那颗瓜子仁,舌尖顺带不留痕迹地舔了一下他指尖,一边为我登记入住。

她那张圆脸上的小嘴唇实在肉感,好像可以从那里面挖出好几吨的金子来。她背对着男人的时候,对方摸了一下她身体后边的不知道什么部位,她拍打了一下他的手,过了没一会儿,那只手又伸过来,这一次换了地方。

"住几个晚上?"

"先一个礼拜吧,七天。"房间价格是三十五元一晚上,七天也不过二百多块钱,十分上算。

男人的手一直缓缓地动,一直不停止,她的脸慢慢涨红。

也许是我的心情影响了光线，那盏暖光灯逐渐由金黄变成了浅红，当我拿着钥匙转身上楼时，听到那个女服务员叫了一声，我在楼梯上斜眼看他们，男人正站在她身后，把她的屁股抓过来，紧贴住他的前档。显然，他们不再嗑瓜子了，我进屋的时候，楼下响起了有规律的击打声。

所谓的八人间，一个人也没有，我当然不会爬到上铺去，就近躺下，侧耳倾听那变得遥远的声响，女孩又叫了几声，低低的，然后是男人的喘息。我怀疑这个旅馆今晚除了我，一个住客也没有，因为他们显然不担心有其他人突然走进来。我起来关掉了灯，又躺下，打开了被子，却没有脱掉任何一件衣服。我不想在冬夜半裸着睡去，当然我更不想全裸，尤其是四下里都空空荡荡的情况下。

这一周我就在八人间睡觉，有时候房间里会突然出现一个背包客，大军靴臭不可闻，身上全是长途旅行的污垢和灰尘，呼噜打得山响。我躲到米高的书店去，和他有一搭没一搭地聊天，他忙的时候，我读读书。米高的书店镇店之宝是塞林格，他认为塞林格是天上有地下无的神级人物，就差没当堂给塞林格供一株牵牛花了，我却只读过《麦田里的守望者》和《九故事》，借此机会，读完了《木匠，把房梁抬高》《西摩：小传》和《弗兰妮与祖伊》。读这两本小书特别快，花不了七天，于是我沿着岳麓西路上山走了个遍，去了趟岳麓书院，在悬崖上看着底下的长沙城璀璨的夜景，控制住自己往下跳的冲动。

一天，我跟旅馆前台的女服务员闲聊，这回不见那个男的——我怀疑他那天只是路过，后来再也没见到过他。这个女孩认真看也挺耐看的，五官非常之紧凑，说话的时候，两片圆嘟嘟的嘴唇一张一合，像两个正在办公室一边看报纸一边在心里谋篇布局的小公务员。我们一起坐在小铁炉子边烤火，炉火烧得正旺，冲着炉火的那半边身体热乎乎的，另外半边还冻得像块野地里的石头。

"最近出了一桩可怕的事情，我听朋友说的，朋友又是听她的亲戚说的，她的亲戚嘛，说是在公安局工作，也说不准的。"

"什么？"我顺口问，不以为意。

"有人死了。"胖姑娘一边说，一边伸出舌头，她的舌头也是又小又圆乎，舌头上冒着水汽。

"死了？"

"死了，可怕吧？"

"怎么死的，躺在床上还是坐着？"

"哎哟你坏死了，别吓我，我脑子里都有画面了。"

"这你都不敢聊，还起什么话头。"

"好吧好吧，人家没说死在哪里，怎么死的，我不想说了，想想都可怕。"听口音，她是浙江人，金华一带的。

"看，你已经比刚才接受度好一点了。"我盯着她近乎褐色的小眼睛，细小的眼球，内双，双眼皮埋在眼睑之下，眼睫毛根根分明，但是不长，毛发也不粗，软软的。略微有一点泪液涌出，就会打湿这些眼睫毛，还有眼周的汗毛。我想起了大牙的睫毛，也是根根分明，但是比她的要长，长得多，即便不化妆，整个眼睛也毛茸茸的。我无法用任何比喻形容她，任何形容对她都是贬损。

铁炉子上放着一包带壳的炒花生米，这是给住店的客人任意吃的零嘴儿，于是我剥开一颗花生米，放到嘴里咀嚼。女孩把炒花生剥开后，还把红衣搓去，电炉子上散落了一层层红色的花生皮，跟溅落的血点子一样。好在电炉子烧得很旺，模拟的火焰，从炉门口的耐火玻璃望进去，逼真而刺眼。

胖姑娘说的话我很快就忘掉了，一点儿也不重要，关于某个人死了的传言，在哪儿都有。

大牙不联系我，我也不联系她，米高一直怂恿我去省博找她，白天她都在那儿解说，带着一群又一群的游客，围着那具龇牙咧嘴的古代女干尸团团转。我也没有动力去看那去世时已经四十岁的辛追夫人，混在游客群当中被她发现未免尴尬。

时间倒也过得飞快，这期间，我和米高学会了吃凉拌折耳根，冬天的折耳根格外肥美鲜嫩。周四，他带我上山挖折耳根，岳麓山上就有，在又阴又湿的地方认真找找，越找越多，到后来简直随处可见，这和我在湘西山上采荠菜的情况差不多。我们很快挖了一大兜子，连根带叶拿回书店，他将叶子单独摘下，另外凉拌，根洗干净了后，切成一寸左右的小段儿，放在粗盐巴里使劲地揉搓，去掉腥气之后，再过一遍凉水洗干净，加上辣椒粉、花椒粉、生抽，就那么拌着吃。米高拿它当零食吃，我先是觉得恶心，多吃几口，又开始觉得有点儿意思，慢慢地，也就喜欢上了，那一周的关键词就是吃折耳根。

周五晚上，大牙终于给我打来了电话，我等着手机响了三四声才接，以免显得自己过于迫不及待。

"有空吗？"

"有得是空。"我说。

"陪我去个地方，等着，我这就去接你。"

当时我正在帮米高擦书架，书架最顶层上的灰多得跟天花板会拉屎一样，我一边擦一边骂骂咧咧。大牙的电话让我从梯子上下来，换上鞋站到门口，下来之后才发现自己把还没投水的抹布落在书架顶上了。岳麓西路没有学生来往，寒假还没结束，一辆车停在我跟前，我还没认出来里面坐着的正是大牙。

那是一辆越野车，看起来新崭崭的，车台上摆着个士兵的小模型，完整，做工精致。

"这什么？"我问她。

"兵人儿，一定要加个儿字。"

"第一次听说。"

"这么说吧，女人玩芭比娃娃和 Hello Kitty，男人玩兵人儿。"她说。无疑，这个车是她男友的。男友回来了？我没有问，也没有问的必要。

她的车向北开，果然开车的技术很不错，一拐，就到了牌楼路，而后开进了湖南大学的校区。我没问我们要去哪里，她今天穿了发白的阔腿牛仔裤和灰黑色短款修身羽绒服，羽绒服领子的设计很特别，将她的脖子团团围住。她身上特有的气味弥漫了整个车厢，实话实说，那种气味闻起来说不上很舒适，但也没到狐臭的地步。我盯着她精巧的膝盖看，即便牛仔裤也不能掩盖的精巧。

车子在校园里绕了绕，进入了一个略为偏僻的区域，那里有一栋独立的小三层楼，草坪和林木掩盖着它，夜色中看不清牌子上写着什么。她把车停在路边，熄了火。我将车窗摇下，抽了一根烟，她死死地盯住那栋楼，将它当作一只黑暗中难以捉摸的怪物一般。怪物在沉睡中喘息，打呼噜，我们就这样静静地看着它。

那栋楼唯有零星的房间亮着灯，亮着灯的，或者拉上窗帘，或者没有，里边的情景也不能一览无余。我们就这样静静地坐了半个小时，其间，大牙一句话也不说，她像是洞悉存在奥妙的怪物对面的女法师，那么缄默、沉静而死寂。我很想去拉拉她的手，又没有勇气，她的指甲修剪得异常干净，在暗暗的车内依然泛着微微的光，角质层特有的含蓄的光泽。

"算了，走了。"她突然叹了口气，启动了车子，重新回到校园的行车道上，减速带一下一下地过，她还是保持着沉默。我们沿着五一大道一路向东开，过了江，过了五一广场，在雨花枢纽上了机场高速。天还是很冷，她开了车里的暖气，水雾在挡风玻璃上聚集在一起，我们呼出的热气混在一起。

"那是我爸的办公室。"她突然说。

"哦。"

"他最近总在办公室，说是有个课题要赶最后的期限，实际上他常年都在办公室，很少回家。"

"历史研究挺消耗人的精力体力的。"

"光是历史研究倒也好了。"

高速路上车子倒也不多，大牙将车速始终控制在超速的临界点上，仪表盘上总是显示着一一八或者一一九。下了高速，她又绕着机场一圈，绕到后面，地图上显示那里有个不小的水库，叫作谷塘水库，形状像一只青涩而结实的芒果，与机场仅咫尺之遥。我们坐在水库的大坝上，看着飞机一架又一架地起起落落，她戴上了带两颗小毛球的条纹羊毛帽子，深灰色的。她似乎偏好黑或灰，不像这个年龄的女人该有的颜色偏好，她戴上帽子后，在凛冽的风中眯起了眼睛。

"我爸妈，两个双子座，一辈子吵死闹死，注定过不到一起去。"

"两个双子座也就是四个人。"

"他们何止四个，一两百个，吵架吵的都是群架，打架也打的是群架。"

"很难想象两个人能打群架。"

"我们家过去的房子特别小嘛，我长大的那个小单元房，四十几平方米的一个小一居，他们打架能把它打成一个大开间。"

"墙都没了？"

"真的没了，隔断本来就是三合板，直接塌了，墙上挂着的所有照片框和奖状上的玻璃，都碎了一地。"

"太厉害了，都是暴脾气。"

"先是热战，然后就是冷战，好几天不说话，靠我传递消息。喂，你跟你爸说一声出去的时候把垃圾带下去，喂，跟你妈说说切菜别那么大声，切菜板都要裂了。"

"很多人的婚姻都是如此。"昔日我和前妻最长的冷战纪录是八天不说话，八天之后，我们似乎比先前亲密了一些，但也只能隔着卫生间敲敲门，这样又过了两天才慢慢解冻。

"所以我不想结婚。"

"像你这么大的女孩，没必要结婚。"

"多大了我都不想结婚，结了婚又怎么样，男人很难不像我爸的吧。"

机场上飞来的飞机像是从大气层的追击中逃脱的，飞走的，则带着一身的冰冷，去往更冰凉的地方，跑道上的航灯保持着冷静。我伸手拉住她的手，她那么美，即便是侧面四十五度也能看到她精巧的轮廓，鼻子上的光，下巴上的光，微光。

她说，父亲是北大毕业的，历史系，二十世纪八十年代末大学毕业，被直接分到长沙县饲料厂做技术员。他并不懂饲料的配方，买了书自己查，反复地做试验，用搞历史研究的劲头来研发猪饲料的配方。他在县上晃悠，一个名校毕业的高才生，无疑是引人注目的，加上他又高又瘦，在普遍矮小的湖南人里面显得鹤立鸡群。有人开始给他介绍对象，他却看上了一个老大难，也就是大牙的母亲，比他大四岁，县政府宾馆的大堂经理，穿上行政套装后身姿飒爽，要腰有腰要臀有臀，只是嫁不出去。这场婚姻的次年就生出来了一个女儿，那是一九九二年。父亲憋着一股劲儿利用业余时间重新捡起专业，他务实地就近报考湖南大学的研究生。大牙四岁那年，他连考了三年终于考上了，不是专业不好，而是阴差阳错，没有合适的导师，或者英语不过关，或者政治考砸了。读研的三年，他整天泡在图书馆里，母亲独自带着大牙怨气横生，三年后他如释重负地留校任教，赶上导师升任系主任。

过了两年，大牙的母亲调到长沙市里，还做宾馆那一行，在市政府宾馆负责接待，人来客往，她的腰也渐渐浑圆了起来。她发现父亲的第一个情人是来长沙的次年，她举着妻子的旗帜杀出重围，把那个女人赶出了湖南大学的围墙。然而，情人一个接着一个地出现，她每一次都伤筋动骨，但绝不肯离婚。实际上，他们离了，两年前，但还住在一起，因为父亲刚刚荣升系主任，一九六二年生的他才五十一岁，他离婚条件的第一条就是净身出户外加保密，要和母亲继续保持表面上的夫妻关系，还住在一起。新买的房子面对着湘江，江水每日急匆匆地奔流，而这两个冷漠的人互不搭理，大牙工作后搬走，他们一时间也找不到借口反对。

我们开车返回城里的时候，已经快要十二点了。

她聊了她的过去，我也有限地聊了聊我的，幼年海边的葡萄园，在公安大学读刑侦专业时，打群架斗气烧了人家一辆吉普，被开除。还有去日本，我仅略略带过，没有提及莫莉，也没有提及女儿以柿子，她们都是我的心头之痛。我多么想永远带着这世上我最爱的女人们四处漂泊啊，包括死去的妈妈。云似乎压在我们的车顶，回程路上她问我愿不愿意去男友的新房，他回来了一晚上，把车扔下，又坐着高铁回湖北了。

我居然答应了，当然，我也并不想白去。我们在水库边接了几个深重的吻，我将舌头深入她的嘴，她也用柔软的舌头回应了我，我应该当机立断将她拿下，但水库边上实在太冷，我们后来不得不躲到一处避风的地方，某种意义上，怯弱占了上风。她那么美，和她接吻就像捧着精美的瓷器，擦拭它，抚摸它，赞叹造物主的能力。她也许比不上加缪的一行字，但我摸不到加缪任何一行字的身体。

我重新来到八栋一九〇三室，这一回我不用再等在门口。大牙开了门，我们径直进去，在电梯里她就用美团点了外卖，骑手正在赶往商家取货的路上，夜宵摊子还没结束，可以点到营业到三四点钟的烧烤。"饿疯了，简直。我怎么那么容易饿？"还是在电梯里的时候，她就说。

进了那套数日前我等在门外的房子，客厅里还是空空荡荡的，但洗衣机的包装倒是拆开了，已经安装到阳台上。整个装修用了太多的白色镂空雕花漆面板，说不出的做作，进门处有个屏风，去厨房的地方也是一整面，主人似乎时刻想要遮住外人的视线。客厅不易被看到的一面墙上，做了一排排置物架，上面摆满了大大小小的士兵模型，也就是兵人儿，跟车里那个是一个体系的，每一个无不栩栩如生，精细入微。

"这里面有的枪，仿真到你如果有那么小一颗子弹，真的可以射击。"大牙说。

我低头看了好几把枪，只认出了最常见的AK47。我办的案子里面鲜有枪击案,因为祖国大陆禁枪,日本虽然不禁枪,但持枪执照要考到九十六分以上,简直太难了。我没有机会接触到枪,也就不想去弄清楚是怎么回事了。但认识大牙之后那些年,我突然就性情大变了,疯狂地喜欢上了枪械,还定期看《军器》和《名枪》这两本杂志,男人看到那些东西,本能的肾上腺素就滋滋往外冒。

那天,我在那个屋子里看到的那只精巧无比,细看风格依然十分爷们儿、十分硬朗,能装上子弹射击的枪,起了决定性的作用。那是一把AUG突击步枪,无托步枪,英国特种空勤团唯一用过的无托步枪。

外卖来了,大牙去门口取,还没等走到餐桌,她已经吃了一根羊肉串。各种烤串包在锡纸内,锡纸放在纸袋内,纸袋先前应该放在保温箱内,还都是滚烫的。我们面对面吃串儿,她吃得很快,比我快两倍,然后她自己喝了两瓶常温的啤酒,我呢,喝的酒比吃的东西多。她还要了一根不小的羊腿,片了几片给我,其余她自己咬着吃,果然她的牙要比寻常的女孩锋利而坚固,撕咬起肉来,宛如吞噬好细胞的癌细胞。她吃东西的时候像一只年富力强的小母兽,很快,吃相好看,吃肉时,她微微地皱起了眉,像是有一根看不见的细铁钎子,穿过了她的眉心,让她那里的肌肉皱了起来,像窗帘杆子透过窗帘布打的褶。

冰箱里有不少罐装啤酒,她不停地去取出来,吃肉,喝酒,再吃肉,再喝酒,不知不觉桌上的啤酒喝空了。她上了厕所,回来的时候已经换上了睡衣,粉色珊瑚绒的套装,当中一颗大红心。

"你不洗洗?"她问我,她问我"洗不洗"的时候,确乎是个老手，我甚至感觉，她发"洗"这个字的音的时候，和"喜"有所不同，她说"洗"的时候，咬着舌尖儿，舌尖上那一小块又细又嫩的肉。

我踉跄着站了起来，去了卫生间，贴着暗黄瓷砖的卫生间里，淋浴玻璃房似乎刚刚安装好，上面的胶带纸还没揭下来。胶带纸是天蓝色的，看起来很是怪异。我锁上门，脱光了衣服。门背后挂着一条男式短裤，半新不旧的，藏蓝色，看起来尺码不小。我凑近了它，用鼻子吸了吸，闻到了另一个人的气味，下体的，数日前的。也许什么味道也没有，这是我幻想出来的。淋浴头特别新，不知道为什么，调整成了水流密集的模式，一股水柱子从我脑门上冲泻而下。

清晨五点半，从一个噩梦中醒来，她背对着我，似乎还在睡。昨晚我们做完，体内的小野兽历经几个月后终于闷头睡下了，身体内的空房间一片寂静，有了夕阳斜照的幻象。我不习惯看到女人在高潮来临的同时痛哭，这像是她不舒服或者不乐意。枕头上是湿的，这不像她这个年龄段的女人应有的习惯，唯有从内心最深处有着源源不断的悲痛的人，才会在性交之后，把那么稀薄的液体留在床上。而那些深藏在人性深处的东西，千万不要给它一个机会，是岩浆，必将爆发，是乌贼的墨水，就会染黑周遭的一切。

我在天亮后朦胧的光线中，眯起眼睛看着她的背，想象着跟它长期接触之后也可能产生厌倦感。她那么美，即便背上长着一层不易察觉的绒毛，膝盖上有个不易察觉的小时候摔伤的疤，还是美轮美奂，几乎没有瑕疵。

说到底，我还是不习惯和某个女人一同醒来。虽然昨晚吃了夜宵喝了酒，我居然还是饿了，披上自己的外套，爬起来到厨房去找点吃的。冰箱里的冷藏柜只有一盒还没拆封的鸡蛋，两瓶喝剩的养乐多，速冻柜里有一袋速冻饺子，思念牌的三鲜水饺，冰碴子结在速冻水饺的塑料包装袋外。饺子冻得坨坨的，我把它放到厨房的操作台上砸了砸，砸散，烧了一锅水，下了饺子。三鲜饺子煮起来并没有太多的讲究，我至少知道要等水沸了再下饺子，等待水沸腾的时候，我下意识地打开抽屉，第一层有几袋辣椒粉，一袋花椒粉，都是粗糙简单的包装，都像是用牙撕开的那种狠，粉末撒得抽屉底到处都是。

第二层，放着四把刀，从大到小，擦拭得干干净净的，砍刀，大切刀，小切刀，剔刀。这些刀放在一条洗干净，但是依然有些湿的暗红色厚抹布上，刀刃散发出暗哑的光。我拿起最小的那只，在自己腕上轻轻地比画一下。水突然咕咚咕咚响，我只好放下刀子，将水饺全部投入水中，它们沉入锅底，水略微浑浊了一些。我用那把刀去搅锅底，不让饺子粘在上面，浑浊的汤里突然闪出一道血丝，我俯身细看，它们又消失了。我想起《罪与罚》里，拉斯科尔尼科夫拿斧子杀那个老太婆的过程，陀爷像是满足自己的杀人欲望似的，巨细无遗，极其自然主义地详述了斧子和老太婆的头发，头骨，到处都是的鲜血之间的关系。看到凶器，然后想到待杀的生物，然后想到杀它们的过程和这个过程中带来的快感，杀戮的快感想必不亚于性快感。

大牙直到快十点才醒来，起了床，又躺到卧室的沙发上，歪着脑袋看江面。江面雾蒙蒙的，空气中好像有霾。

"长沙讨厌死了，简直了。"她喃喃自语。

"有多讨厌？"我走过去，坐在她身边，将半个身体压着她折起的大腿，摸着她结实的小腿肚子，一直到脚踝，脚跟。

"你看,像这种江边的房子,我也很烦,夏天又热又潮乎乎的,冬天冷,还是潮乎乎的,我跟他说了几百遍不要买这种潮乎乎的房子,他不听,他什么也不听,明明知道我不喜欢江也不喜欢海也不喜欢湖,我讨厌所有的江河湖海。他说这个是婚房,婚房这两个字听起来怎么那么可怕。这下好了,散伙了。"

"多大仇啊。"我摸着她的脖子,肌肉柔软皮肤细腻,主动脉的脉搏正轻柔地、噗噗地跳动。昨晚我全程没有和她接吻,她说对自己的牙齿自卑,几乎不跟男人接吻,我当然也没有强迫她。女人对我来说,虽然不至于是用来疼爱的,也绝无逼迫的必要。

"你冷得像冰箱。"她扭头对我说。我将她的两只脚拉长,架在我的脖子上,找了一个略微好一点的角度,直接地,精确地插了进去。

过了一会儿,她就不再说我像个冰箱了。我们在那个房子里一直待到下午,早饭吃的是外卖,常德米粉,一人一大碗,中饭因此就免了。她问我要不要跟她一起去博物馆上班,下午预约了一个大团队,她得去解说,我自己也闲着没事儿,就跟着她去了。大牙穿了一条皮质紧身裤,上身是一件高领黑毛衣和黑色羽绒服,这个房子里还有她的衣服,但她说已经不多了,再去一趟就可以拿完东西。湖南省博物馆在东风路上,背靠着烈士公园,马王堆汉墓就在这附近的古汉路上,相距不远。

"一个解说员,一个月挣不了多少钱的。"我们坐公交车去的,中午空座还是挺多的,她突然跟我说。

"你要一直做这个解说员,还是干点别的?"

"我想去上海,听说上博也在招人。"

"还去解说?"

"不一定，看情况再说。"

她在工作现场变成了一个能言善道的人，我只看到她身后跟了一群人，大家都戴着个耳机。我把耳机关上了，她变成了静音的她，昨晚我紧贴的脸和脖子，此刻在人群中晃动，人们不时地发出一阵哄笑。我跟着他们看完了大部分，还没等到达最终的辛追夫人墓，我就走了出来，沿着长长的甬道。甬道内的光并不明亮，两侧隐隐约约传来水滴的声音，每一滴水都像是有一吨重，中间包着铅块，那么重，从岩层的中央下坠，发出沉闷的崩塌声。

"我想在这附近租个房子。"三四点钟的样子，我去找米高。他午睡刚醒来，脸上挂着一条干掉的口水痕迹，他没问我这些天在干吗。

"好啊，然后呢？你要住下来不走了？"

"先住下看看，别的不知道。"

"长沙就是冬天难熬点，夏天坐在户外、江边，吹吹风就还好。"

"我不怕热，也不怕冷，冷和热都死不了人。"

以我飘来飘去的无根性格，住在哪个城市有何所谓，在哪个城市找个工作有何所谓，我要的工钱只要足够付房租和吃饭就可以。如果有余钱，还可以去游戏厅打会儿电动，在街角小卖店买瓶随便什么酒，这跟在天堂也没什么两样，我不相信到了天堂连采暖费都不用交。谁能辨认得清楚那些尚还沉浸在黑暗中的未来，谁知道明天会发生什么，再怎么急脾气的大象，都无法在一天之内践踏掉一片森林。我只是想在长沙待一阵子，但也不是为了看看这里的春天来临是怎么个情形，植物开花的顺序是什么，树木泛绿的过程又如何。我全然不关心这些事情，我关心的事情在造物主手里捏着，一只软软的、随时会爆开的睾丸，睾丸里的睾酮。

"你这个怪人。"米高说毕，笑了起来，他那费尽全身力气的模样，像是刚吞了一整盒大力丸。我对任何人称我为怪人都习以为常了。但是找房子得具体去找，找个中介。我下意识地步行到大牙的宿舍附近，那栋楼又破又旧又丧，落在郁郁寡欢的幽暗暮色中。我绕着楼走了一圈，看了每层楼、每个阳台，然后从后边那条便道走出没多点大的小区。天越来越黑，路灯渐次亮了，在昏黄与热烈杂糅的街巷当中，我看到了一家房屋中介，走了进去。

屋里只有三个人，都是小伙子，从他们领带歪斜和大棉服内的小西服看，已经很久没开张了。其中一个将一次性筷子插在油乎乎的炒面当中，盖上盖子，嘴巴还油光光的，站起来迎接我。

"租房子买房子？"

"租一个，越小越好，越便宜越好。"

"这附近嘛，老小区多，房子都不大。"

他坐在堆满了杂物的台式机前，打开电脑，电脑屏幕上落满了灰，他拿袖子拂去那层灰，开始帮我找房源。边上他的两个同事看都没看我，他们正在热烈地聊着什么，只言片语飘到我这儿，我忍不住认真听了听。

"什么？有人被吃了？"我凑过去问他们。

"听说是个大学生，姓王，叫王一什么，人家提一嘴我就给忘了，身份证还在身上呢，这都是听说。我一个客户的同学，在公安系统，这附近既没有老虎也没有野猪，整个人就栽倒在附近一个小区的露天游泳池里，游泳池冬天没有放水，他脑袋朝下那么倒着。翻过来一看，整个脸上肉都没了，像是被人拿刀剃掉了肉，再让恶犬狂咬一气，真就是那样，乖乖。"说这话的中介，颧骨很高，嘴唇很厚，说话有些漏风，像是风筒在给自行车的轮胎打气。但我全程盯着他的鼻孔，鼻孔里有两根鼻毛，一左一右，鼻头肉也是厚的，像只饱满的蒜头。

"脸上的肉没了，这是多大仇多大恨呐。"另外一个瘦瘦小小的中介随口附和，他们的脸因为听到这么恐怖的事，不同程度地发生了一些微妙的变形。

"不一定是仇恨，"我说，继续问那个蒜头鼻小伙子，"还有别的什么情况？"

"那个大学生，也跟他一样，个儿不高，但是据说五脏六腑都不在了，都被掏空了，腔子里啥也没有，跟一只打算塞香料的叫花鸡一样，肚皮里头塞了好多棉花还是什么，被缝了回去。然后衣服又穿上，这样一来，兜里的身份证才不小心带上了，他的身份证是临时的，质地软软的，所以没被凶手发现。"

那个被他举例说明的瘦小伙儿听到这里，脸色顿时发灰。

"你低血糖？"我问他。

"你怎么知道的叻？"浓重的湘西口音，怀化一带的。

我从兜里掏出一颗硬糖，递给他。"我常年低血糖。"

"太可怕了。"蒜头鼻小伙儿接着说，"我觉得这不是一般人干的，这家伙就是个变态。"

"变态有变态的道理。"

"你这人怎么这样，为变态说话。"瘦小伙子还含着我给他的糖，就开始怼我。

"低血糖也会导致烦躁不安，易怒，甚至神志不清，说不定也是变态的动机。"

"要说便宜嘛，那个出事的小区最近房租最便宜了，房东们只要有人肯租，就给。有几个房客还吓得退了房子，连押金也不要了，搬到别的地方去了。"在电脑上帮我查房源的中介从屏幕后面跟我说。

"我不怕。"

"那我就给你约约看？"

"有一家钥匙寄存在我们这里了，可以直接带他去看看。"蒜头鼻提醒他。

我们走进了那个楼道，声控灯泡坏得差不多了，楼道十分窄小，还堆满了积年的杂物。我粗略地看了一圈儿，屋里有最简单的家具，一个小一居，客厅约等于无，厨房厕所都相当简陋，只能说，凑合能住。

"房主说了，给五六百块钱就行了，过去八百一个月。"

我犹豫了一下，也许是卧室一面墙上全是裸露而又生锈的旧钉子，让人感到没来由的恶心，我只好对他说："等我消息。"

下了楼，我让中介先回去，我要在这个小区里转转。走了两圈，终于发现在一侧有一个近乎废弃的游泳池，上面盖了一层落叶，因为游泳池周边种满了高大的银杏树。在仅有的两盏路灯下，银杏叶新的盖着旧的，湿的压着干的，散发出腐朽的气味。不能说泳池是彻底干了的，在地下还有一层水，不知道是雨季积累下来的雨水，还是有人故意放的。里边浸泡着一些枯枝叶，泡久了的那些已经发黑，尚未变色的，是新落上去的。那里面还倒插着半块脏兮兮的塑料商标，暗红色的，不知道是什么东西上面的。那个传说中的倒扣着的人，一点儿痕迹没有留，尸体早已被警方移走。当然，他们也不会为他盖另外一个湖南省博物馆。

天太黑了，我只好回去，次日午后睡醒，想了想，又去了那个地方。

游泳池两边是救生员专用的瞭望架，夏天的时候，他们通常高坐在上面观察泳池里的可疑动静，有人溺水了，有人脚抽筋了。不远处是更衣室，里面有一整排简易的淋浴设备，涂着蓝色油漆的门已经烂了，漏着风。不出所料，所有的龙头都拧不出水来，更衣室分男女，两侧的一角上，注定有个破破烂烂、一样漏着风的厕所，但多数人在淋浴或者泳池里撒尿，隔着泳裤排出滚烫尿液的感觉真是异样又奇妙。

我绕着游泳池走了两圈，这是起码的。无论如何，这个游泳池虽然废弃了有一段时间了，但毕竟在一个老居民区的一角，这里作为第一现场，被人发现的危险系数太大。即便是有人在这里抽根烟，夜色中打火机的光亮，都可能被附近楼上、不小心站在窗边的居民看到。这个小区居民以老人为主，他们起得早睡得早，但是也不能排除有一两个失眠起夜，因为前列腺炎反复上厕所的老头儿在夜半，不小心瞥见窗外的景象。

从游泳池抬头看，至少在两座楼的范围，可以俯视这个游泳池及其周边的状况。泳池附近的长椅边上，还有一只大垃圾桶，清洁工也免不了来收走垃圾。即便清洁工一天只来一趟，这也是潜在的风险，除非这个凶手对于清洁工的作息规律了如指掌。

我认认真真地勘查从游泳池的哪个方向可能拖拽来一具尸体，拖拽过程中是否留下了什么痕迹。有两条便道通往游泳池，一条是一百米左右的旧水泥道，两米左右的宽度，它通往小区的主干道。另外一条是土路，非常窄小，通往小区的后门，似乎是一些其他小区来游泳的人日积月累踩出来的。当然了，从水泥道上拖一个人过来，留下的痕迹少，即便如此，一个受了那么重的伤的人，血迹是不可避免的，但水泥道上并没有可见的血迹。如果有的话，按照惯例，刑警应该在上面做个标识，或者用粉笔画圈儿，或者放一个记号牌，方便拍照。当然了，还得采样，和死者的血型比对。

水泥道上空无一物，我弯下腰，几乎是蹲着走的样子，挺诡异的。边上有个老头儿好奇地走过来，我只好伸出双手向天，做出某个拉伸的动作，他看了看，先是离我越来越近，慢慢地，也就走远了。"这个神经病。"他可能在心里说。

如果从水泥道上带来这具尸体，那他又是从哪儿来的呢？某个居民楼里？第一现场在这个小区内？这个小区是六层小板楼，没有电梯，唯有深更半夜，楼道里才可能空无一人。而大部分坏掉的声控楼灯，让楼梯黑漆漆的，凶手可能打了手电，或者用手机照明。

我又绕过大半个游泳池，池边的瓷砖已经脱落了不少，露出底下的混凝土结合面还有红砖。土路那边也落了不少落叶，叶子层层累积，叶子上有不少脚印的痕迹，大大小小的，这条便道可能是居民抄近道去后门的捷径。来来往往的人不算太少，如果里面混有凶手的脚印，也很难辨明，但是这个人极有可能从水泥道上带来尸体，抛在泳池内，而后从这条便道离开。后门没有保安室，大家出入的是铁栅栏门被抽掉一根栏杆的那个门洞，约等于无人看守。我从那个门洞钻出去，后门通向一侧是山岩的一条僻静的街，这里可以随意停车，山岩壁下停着一溜野车，有一些身上落着重重的灰尘，轮胎的气已经瘪了，有的盖着防尘罩，但也破旧不堪。那些有灰的车窗上被孩子们用手指头写上诸如"李小强是个大混蛋！"的话，歪歪斜斜，不成系统。

我跑到离后门最近的一家小卖店,买了两罐五百毫升的易拉罐青岛啤酒,绿罐子,后屁兜插一个,打开另一个,边走边喝,走回小区。一路上仿佛历经了"一战""二战",我偶尔听到连续的枪击声,还有连篇累牍的高音喇叭声,一种陌生的语言正在劝说战俘尽早投降,奇怪的是,我居然听得懂。

在脑海中枪林弹雨的轰炸声中,我走进了小区的物业管理处。它就是个小房子,从一个小门进去,一个中年妇女坐在烤炉围桌边,膝盖上盖着条纹的厚毯子。

"我是新搬来的租户,有件快递……"

她舍不得暖和的烤炉,撇撇嘴,墙角有个小茶几,上面放着几件轻巧的快递,地上还有几个纸箱子,散落地放着。我走过去,翻看了一番,里面居然真的有个值得注意的收件人,我仔细看了地址:

湖南省长沙市芙蓉区新民家园十号楼二单元五〇二室,王一宁,13398302184

这么一大长串信息,一下记不住,我只好到办公桌上找了张破纸头,一支笔,记了下来。大姐丝毫不以为意,她正在打电话,免提模式,音量放得巨大,用长沙话说着家长里短,她看也不看我一眼。

出了门,我就给这个王一宁打了个电话,那边传来一个电子女声:"您所拨打的用户已关机,您的来电信息将以短信的形式通知该用户。"

我想象着夜半,这个手机被悄悄地开机,有人记下了通知短信里包含的手机号。如果我半夜醒来,恶作剧地拨过去一个电话,那个人会慌不择路地选择关机吗?不过,既然警方已经知道了死者的名字,这个手机不管是在公安局还是别处,总是会被监控的。

我坐在物业门口的凳子上接着喝啤酒,太阳暖烘烘地照着,我的脸几乎要像干豆角一样四裂。我掏出手机给大牙打了个电话,她若无其事地问我在干吗,提也不提我那天不告而别的事。

"晒太阳,喝啤酒。"

"真行,真行。"她好像嘴里正咀嚼着什么不好嚼的东西。

"我过会儿去米高店里,你也过去?"

"可以去,得晚点儿。"

"多晚?"我半开玩笑。

"比你脑子里想的快一点儿,比实际上慢一点儿。"她对答如流,也确实给了我想要的答案,与此同时,似乎咽下了那块难以咀嚼的东西。

我几乎不对女人提出任何要求,她们在我这里想怎样就怎样,只有一件事我绝对不和她们干:结婚生子。这其实是两件事,原始人从任何一个洞口往外张望,都是大自然,都是美景,现代人看出去的只有婚姻的愁云惨雾。肥腻无聊的婚姻导致了人类的集体性坠落,这是我的看法。

那天她并没有去米高店里,我倒是坐了一整个下午,直到临睡前才告别。十点不到,米高不停地打哈欠,下面毯子里的电烤炉滋滋发散着热气,他头顶上冒着水汽和白烟。这个人体内的水分太多,确实应该多烤一烤。

"腰不好,年轻的时候太疯,太不节制了。"

"能有多疯?"

"我那时候开出租汽车公司,钱一下子多得不知道怎么花才好,那就泡妞呗。比现在年轻,长得还凑合,女人就跟蚂蚁爬树一样爬到我身上,我好请客,好送东西,吃完饭回家路上就一发,车里头那么小点的地方,能玩的花样我全玩过。"

"干吗不带家里去?"

"家里有老婆孩子啊,我跟我那个前妻,整天打得不可开交。我还没动手,她就开始哭,哭得整栋楼都要给她翻掉了。有一次我伸出一个指头,正好她张开嘴,顿时一颗门牙就飞出去了。这是第一个前妻,所以孩子一生完我就跑掉了,没见过长牙,也没见过孩子换牙。后来再娶一个,也是怀孕了被迫结婚的,没办法,这个孩子一出来我就习惯性地又跑掉了,离开了湖南好几年,去了哪里你知道不?西贡,就是胡志明市,在西贡开了个米粉店,卖给游客的,生意好得不得了。哦,我刚才要说的是在家不方便,开酒店,不刺激,也开,不刺激,一下子找不到更刺激的事情做了。这个女人、那个女人哭哭啼啼闹自杀的,也见得多了,湖南妹子,烈得很,开口就骂,扑通就给你跳到河里去,不带商量的。我开这个书店也算是赎罪,再也不想乱搞了,没意思,真没意思,倒不如每天搬书有意思。"

"就跟开了个庙一样。"

"差不多是那个意思。"

米高说腰疼,但他坐在那里一歪就睡着了,还打起了呼噜。屋子里并不冷,炉子上烧着一壶水,热腾腾的,我懒得睡觉,睁着眼睛翻完了一本《心是孤独的猎手》。麦卡勒斯我看了不少本,诸如《伤心咖啡馆之歌》或者《金色眼睛的映像》,这本不知道为什么一直没看过。里面屡屡提到一家甜品店,闹得我很想来个甜食吃吃。大半夜很难找到甜的东西，我最后仅在他的书架上发现了半包吃剩的、已经受潮的萨其马，凑凑合合啃了两个，满嘴都是麦芽糖味。

如此，我又和米高厮混了两三天，在他店里昏天黑地地看书。我从青年旅舍搬出来，住在书店的沙发上，夜里钻到米高给我的羽绒睡袋里头，脑袋上扣一只起了毛球的厚滑雪帽，倒也睡得呼呼响。至于吃饭，他吃什么我吃什么，他高兴起来会蒸条剁椒鱼，炒个豆豉香干腊肉什么的，也买过巨辣无比的风干鸭，再蒸上一大锅米饭，两个人像狼一样吃完，我辣得呼哧呼哧吐着舌头，跑到水龙头底下往食道和口腔里灌凉水，米高在一边幸灾乐祸地大笑。两个光棍儿在一起倒也其乐融融，直到有一天下午，走进来了两个警察，其中一个拿着做记录的大本子，另外一个负责问问题，像个当头儿的。

"有个情况来跟你们了解一下。"

"本店绝对不卖违法违禁盗版书。"米高眼睛眨也不眨就说，他没站起来，我也没有，倒是警察们很自然地脱了鞋坐了下来，把脚伸到毯子下面。

"我们是市局刑侦大队的，你说的这些归精神文明办分管。"

我一听到刑侦大队，耳朵顿时成了锐角三角形。

"你认不认识潘十七？"

"认识啊，铁哥们儿，开小龙虾店的。"

"最近一次什么时候见到他的？"

"得有一段时间了吧，具体多久记不清了，不是说他去湖北潜江了吗？"

"谁说的？"

"他女朋友，哦不对，前女友。"

"赵瑜佩？"

"赵瑜佩是谁？她大名我真不知道，我们就知道有个叫大牙的。"

"是赵瑜佩。"为首的警察又重复了一遍，他严肃有余风趣不足，嘴角不时会不受控制地微微抽动一下，像是神经性抽搐。那里正好长了一颗黑豆大小的痦子，每次抽搐来袭，那个痦子就跟着抖动，像一颗小栗子。我忍不住盯着那里看，越看越觉得时刻都要爆浆，里面的岩浆要喷出一米开外。

"就是大牙，她给过我一次身份证信息。"米高扭头跟我说，他又补充，"让我帮她订火车票。"

"别打岔，你最近一次见到潘十七是在什么情况下？"

米高想了想："好像是他开了车路过我书店，进来给我送了份我最爱吃的重辣龙虾，他经常让厨师专门给我做最最辣的龙虾，哥们儿很够意思，每次都挑个头儿最大的那种，这么大。"

"然后呢？再也没见过他？他说了自己要去哪么？"

"你知道我们最初认识是驴友，驴友什么臭德行，去哪儿压根不打预告的，真的是说走就走，到地方了，心情好了，给你发张自己在帐篷里瑟瑟发抖的照片。"

"别说东说西，集中回答我的问题，他没说自己要去哪里？"

"我从来也不问，后来我就听大牙说，他要去潜江选货。店里生意太好了，那些合作的龙虾池跟不上他的发展，一车货过来，压根不够分的。他在筹备开个新店，正好他们俩在闹分手，小年轻分手的时候，一个远走高飞一阵子很正常。我还发微信问他，你是不是得了阳痿，吃花粉可以治好的，李商隐就是这样治好的。"

为首的警察皱起了眉，小警察倒是听得津津有味的。

"他回复了没有?"

"他说:放你娘的狗屁!"

"放你娘的狗屁?"

"哥们儿嘛,说放你娘的狗屁放你爹的狗屁放你全家的狗屁都很正常。"

"我们队长的意思是,这不像一个男人说的。"小警察插嘴,终于找到合适的插嘴的位置。

"我哪儿管他像不像男人说的,他那个前女友把他看得牢牢的,有时候我给他发一些小黄片,她都会拿过他的手机来骂我,不让发小黄片,反正。"

"他没有报失踪?"

"失踪?"米高笑了起来,"失踪个屁,他时不时地还发自己手里拿着只刚从虾池里捞出来的小龙虾的视频,手动脚动的,还听得到他介绍这个龙虾如何如何肥美,冬天能找到的最肥的龙虾什么的,吹牛逼吹得啪啪响。"

"这种视频,提前录几段,存在手机里慢慢发也不是办不到的。"小警察怯怯地说。

"你又没有证据,乱说什么?"大警察打断他。

米高拿出手机,把他和潘十七的聊天记录翻出来,递给警察看。

"前几天我还跟他聊了几句生意上的事情呢,有个朋友想入股他的新店,让我牵线,他回复得慢吞吞的,我以为他没兴趣,就算了。"

"他死了,尸体已经被发现了。"大警察突然说。

"什么!怎么回事?怎么会这样?在哪里发现的?"米高这下吓到了,我心里也暗惊,但表面上不动声色。

"就在他新店里一个新买的大冰柜里，店员去拿东西，店还没装修，他就奇怪为什么冰柜开着，过去打开一看，人就在里面。"大警察说出这句话的时候，脸上的痦子没有抽动，它似乎被这个关键信息镇住了。

"多大的冰柜能放得进去他啊。"米高忍不住拿手比画了几下，"还好，他个头不高。"

"他的脸被划得不成样子了，还有明显的牙印，被人啃过的痕迹。"

米高接不下去话了，倒吸了一口气。

"我听说，"我说，"还有一个类似的案子。"

"你怎么知道的？"大警察转头跟我说话，他的眼神锋利得可以杀人。

"无意中知道的，我去一个小区租房子，和小区边上的中介聊起来，说是有个男大学生死在泳池里，脸上也是被片掉了肉，还有咬痕，那附近既没有狼也没有老虎，只能说是人为的了。这不单是心理变态，而且是连环作案。"

"你学这个的啊？"

"哪个？"

"刑侦。"

"算不上，业余爱好，看过几本专业书。"

"可以啊，我们局最近想从社会上招几个外勤，你有点儿基础，感兴趣的话回头跟我联系。"大警察的脸色和缓了不少，痦子的质地看起来也柔和了一些，颜色转淡。

我没接话茬，实在干警察干腻了。

两位警察起身走了，照例让我们保密，不要外传案情。警察走出门外，还没上车，米高已经打开了一个群，发了条语音:"我靠,兄弟们,刚才警察来我书店,说是十七死了,被冻在冰柜里头,乖乖,这是怎么回事?"

十秒钟不到,米高的电话响起,听口气,是他群里的兄弟之一打来的。这人跟十七也很熟,两人在电话里大肆地聊了起来,我站到窗口去,看两位警察的车子离开,潜意识启动,记下了那辆车的车牌号,明知道没什么用。

米高几个电话打完,十七的死讯多半已经传遍了整个长沙。

"他们一致认为最大的嫌疑人是十七店里的那个店长,胖乎乎的小伙子。"米高在打电话的间隙跟我说,我也都听到了,想起我刚来长沙那天在口味虾店见到的"帝企鹅",他长期暗恋大牙,有一次喝多了,扬言要杀了十七。

当晚大牙一直没来,米高给她打了几次电话她也没接。我也走到书店外边给她打了一次电话,等了很长时间,她接了。

"怎么了?你都知道了吧?我不想接其他人电话,你的,接接就算了。"

"警察找你了?"

"找了。"

"说什么?"

"能说什么,人死了。"

"你说他几天前回来过,留下了车子。"

"我在家里发现了他的车钥匙,才知道他没把车开走,怕你觉得奇怪,撒了个谎。"

"这也值得撒谎?"

"撒都撒了,反正人都没了,我回头还给他家里人就是。"她说话的口气极其轻松。

"你好冷静,敬你是条汉子。"

"放你娘的狗屁！"

我挂了电话，回到原处，米高已经开始约人来店里聊聊这事儿了，陆陆续续来了四五个，我躲到一边看书，听他们胡吹乱侃。这些人简单说都是长沙的各种店主，开摩托车改装店的，咖啡馆的，饭馆的，还有两个赋闲在家的，他们全都和十七以及米高相识多年。他们争论不休，各种小道消息集结，包括在那个小区死去的男大学生。

"这个搞不好是连环杀手，变态连环杀手，在我们长沙很少见的。"其中一个留着平头的家伙说。

"现在破案率很高，很多事情没等你发现已经破了案了，档案都封锁起来了，这次，要不是被杀的这人是我们的朋友，我们也不会知道的。"

"扯吧，这次也未必能破得了案，我刚才出门听说，他们口味虾店那个店长已经被喊到公安局去谈话了，现在还没出来。"穿着机车皮衣的人，摩托车改装店店主无疑。

"搞不好这个小伙子就认了，不过他干吗杀另外那个人？看不出来，老老实实的一个小伙子，那么恶心，还吃人肉，人肉不是酸的吗？"平头又说。

"你吃过？人肉刺身啊这是。"

他们吵吵嚷嚷了好半天，什么解决问题的方案都没能提出来，我倒是翻完了《心是孤独的猎手》，突然想起来那块抹布，拿梯子架上去，取了下来，又打了半桶水，继续开始擦书架。

"你新来的这个伙计不错哦。"平头突然留意到我，对米高说。

"别扯淡，人家也是老板，人家做的生意不要太大，在缅甸有矿的。"

"什么矿？"

"小以啊,你在缅甸那个是什么矿?金矿还是翡翠?"米高远远冲我说。

我被他们从梯子上请了下来,聊起了开金矿的那些年,当然了,都是胡编乱造的,他们也都信以为真,一个个听得入迷。缅甸我是真去过,查案子去的,那一次,我的雇主是缅军的一个将军。本来是为潘十七的死聚集在一起的,最后变成了吹牛逼大会,又有人开始比装备,谁买了苏式的二手摩托,谁又入了丹麦的大白熊帐篷,不一而足。有几个相约开春后一起去蒙古国,有个本来一起玩的哥们儿在乌兰巴托定居了,算是一个地陪。生活还在继续,虽然有人死了。

第二天,我给那位大警察打了个电话,他那边像是在开会,可以听到人声喧杂,想象得出烟雾缭绕。

"我想应聘外勤。"

"什么?"

"外勤,我们在摩西书店见过面。"

"想起来了,没工夫面试了,要不直接来上岗吧,最近人手不够,这两起案子一出来,太忙了。"

我答应了,当天下午就去了公安局,他们给外勤发不了衣服,给了个临时工作证,拍了照片。我的头发被他们管外勤的副队长剃成了板寸,胡子也刮得干干净净的,与身上的羽绒服显得很不搭,但一时间也没有合适的衣服好换。副队长想了想,递给我一条他自己的制式羊羔毛围巾,可以遮住露在外边的脖子。

"不知道为什么,我们队长很欣赏你,跟我力荐,你可得好好表现。"

我并没有好好表现的心思,我去做外勤的唯一目的只是想看到两个案子的现场勘查资料。

"这两位受害者的受害方式高度相似,法医鉴定死因都是头部遭受重物猛击,但无法确定死者是在生前还是死后被肢解的。"副队长正在向几位外勤介绍案情,这让我想起了在警察局的那些枯燥无味的日子。

"我们决定,将两个案子合并处理,当作一系列连环杀人案。"

领导分派任务,外勤无非是参与地毯式搜索,低调而又深入地挨家挨户问话,问话的主要问题都设计好了,重点关注独居成年男子,具备独立作案条件的人。独立作案条件指有独立的空间分解尸体,将一个人的脸不管是用刀子一片片片下,还是用直接撕咬的方式,咀嚼吞食,都需要足够的时间和封闭的环境。人的身体又不是浆果,略微磨一磨就变得粉碎,当然了,也不是螺丝钉,它也是一种肉食。定义人不可食,是教化的结果,在饥荒年月,人也是会吃人的。而有些人,对于吃人肉有特殊的爱好,这类人在人群中即便微乎其微,也肯定存在。

这是个食人魔,与《沉默的羔羊》中的汉尼拔教授无异。他一边听着瓦格纳的歌剧一边片肉,用刀叉文雅地、认真地吃肉,吃人狂魔在吃人的那一刻,心理状态与人吃其他动物的肉有任何区别吗?这源源不断的伦理问题摆在眼前时,抓捕罪犯都成了一件需要打个问号的事情。因此我从不为了伸张正义而查案子,我查案子是因为雇主信任我,把我当成专业人士,为了不辜负人家的信任。

这个会开得冗长而无趣,跟队长的性格不无关系,他总是说一些无关紧要的话,我听得昏昏欲睡,另几位外勤也不例外。散会之后,我留了下来,喊住队长,也就是那天到米高书店的大警察。

"那个,我能看看资料吗?"

"什么资料?"他警觉起来,脸上的痦子像是突然从春秋大梦中醒来,站到冰冷的水龙头底下,瞬间缩成了一个高耸的小驼峰。

"现场照片之类的,能给我看些什么就给些什么看看。"

"说得轻巧,这可不能外泄,违反纪律。"

我本来想说"纪律算个屁",又觉得这种话对于他这类人好像没什么用,只好采用了比较迂回的手段。

"说不定我能帮上什么忙,我在日本的时候,接触过类似的案子。"

"什么类似的案子?"

"有个男人,吃了自己的老父亲,因为嫌他越老越丑,全身上下臭气熏天。"我随口胡编乱造,丝毫不必打草稿。

"这是什么烂借口。"

"真事儿,而且他觉得他的变态是父亲遗传给他的,所以责任不在他自己身上,在受害人身上,受害人遗传给了他吃人的特质,导致他吃掉了那个基因的源头。他说这跟猫追着自己的尾巴跑没什么两样,没必要大惊小怪的。"

"这些浑蛋总是很会狡辩,回头我们抓到了现在这个浑蛋,就听听他怎么说吧,肯定也没一句合乎逻辑的话。"

"你不觉得他的逻辑也挺自洽的吗?"

他突然被我问住了,我接着说:"没有一个罪犯是天生的,但所有的罪犯又都是天生的,好像干燥的草,在无风的天气里,遇到一点不知道从哪儿来的火星子,这种条件下,任何人都会变成罪犯,它是一种一触即发。"

"唔。"他没有接话,可能这超过了他能够接话的范围,做一个刑警不需要思考问题，做一个优秀的刑警却需要时时刻刻地思考问题，换位思考，从罪犯的角度思考所有细枝末节的问题，思考犯罪的动机，这个人为什么要加害于那个人，他内心的驱动力来自哪里。有的罪犯出于愚蠢、冲动、无聊，有的出于冷血、疯狂、幼稚。

他带我去了办公室，午饭时间没什么人，桌上七零八落地扔了很多东西。他打开一个抽屉，其实抽屉也并没有上锁，任何人走进来可能只要知道东西放在那儿，就可以轻而易举地拿出来看到。

那些照片实在骇人，没有经验的人看一眼就会想吐，我算是有经验的人，在现场，类似于分尸的尸块，高度腐败、长了蛆的尸体，从水里捞出来胀得跟面球一样的身体……都一一历练过了。闻到它们的臭味见怪不怪，甚至达到了如果在现场没有看到不堪的场面，闻到让人直犯恶心的气味，都会觉得不正常。光看到照片已经不足以让我害怕，引发我内心的动荡和不安。从两具尸体的外观状态而言，很难不把他们联系在一起，作案手段实在非常雷同，好像是在刻意拷贝。两人眉骨以下，一直到脖颈，基本上都既有刀片过的痕迹，又有人的牙齿咬噬的痕迹。牙齿和牙床都露了出来，嘴唇都不在了，从下巴颏撕咬的迹象来看，口唇处是被凶手用自己的牙硬生生地拉扯下来的，一条撕烂的肉皮一直扯向脖子一侧，露出的喉结上几乎可以往气管里投放硬币，一元的，五角的。

我撅着屁股半趴在办公桌上看那些照片，队长给我倒了一杯茶。

"有什么想法，聊聊？"

"一下子想不出什么来，询问记录有没有？"

他只好打开下一个抽屉，拿出另外一大沓资料，三个档案袋，全部放到我跟前。

"要不你一个人到审讯室去慢慢看，你这个姿势，一会儿同事吃饭回来了看到，会以为我请的外勤多没素质似的。"

"你不是需要外勤，你需要外脑，外脑可比外勤有用多了。"

队长拿起其中一袋卷宗，拍打了另外两袋一下，我收拾好照片，连带那些卷宗，跟他一起去了审讯室，他拉上帘子，把我反锁在里面。审讯室倒真是一个适合静下心来看看什么的地方，除了一张桌子，三把椅子，什么也没有，灯很幽暗，屋子里从地面到天花板都上过深绿的油漆，但是也慢慢都褪色了，待在里面，好像身处一座古墓。

被害人王一宁匍匐在游泳池有一点水的那个部分的边沿，像是一只正在喝水的蛤蟆。他整张脸几乎全部浸泡在水里，污血浸染了水里边的一些落叶。后脑勺的右侧有重物敲击的痕迹——法医所说的直接死因。他的手并非呈现趴下的姿势，而是像被人摆放在身体两侧，刻意地摆好的。这个摆放者的心情有一定的玩味的感觉，把他的手心向上，指头微曲。两只脚上都穿着鞋，匡威高帮帆布鞋，黑的，他的牛仔裤上满是泥污，厚厚的藏蓝色帽衫也是如此，但朝上的手心一侧都很干净，像是出门前刚刚洗过。

尸体陈放处附近有足迹，在落叶与落叶之间，看起来是同一个人的，我还看到了两道拖痕，不是死者的身体那么粗大，而是距离相近的两道细细的拖痕。凶手似乎也没有打算将自己留下的足迹清除掉，也许是游泳池内积了水，多年不用也有了不少污泥。树叶让足迹不太完整，因为有抛尸之后新飘下的落叶，附近都是大叶法国梧桐，叶子大又正在一个风口上，多多少少破坏了现场的完整性。现场负责拍照的人似乎是个新手，几处细节图对焦都没有对在我想看的部位，我要是当时在现场肯定会把他骂一顿，没有留下完整细致的现场图约等于犯罪，在我看来。

潘十七的尸体在冷柜之中的姿态也颇为耐人寻味，他两只手抱着头，头部有重物敲击的痕迹，也是法医所说的直接死因。手的姿势也像是有人特地摆的，两只手的手心照例干干净净，虽然皮肤裸露的部分都被冻出了冰霜。他穿着一件高领厚毛衣，军绿色的，下身是一条野战军的多兜裤，虽然他个子不高，但结结实实，穿上这样的衣服倒也不觉得别扭。凶手要将他放到冰柜里得费多少力气，一米七不到的他，目测足有一百八十斤，将整台海尔冰柜塞得满满当当。他也穿着鞋，一双深棕色厚牛皮军靴，鞋跟够厚，能将个头垫高，但是在冰柜里实在碍事，他的整个身体不得不蜷了起来。凶手将他连靴子一并冻起来的缘故，我一时之间也没有想清楚，也许是觉得单独处理一双鞋子费事。

冰柜在尚未装修好的新店一角放着，新店为何还没装修好就先把冰柜买好，这也是需要去问一问的问题，讯问记录里面并没有。大牙说的和对我后来说的差不多，男友坐火车去潜江，两人已经在他走前分手，她陆续将放在他家中的东西搬走，婚约就此解除。他在潜江期间他们没有任何联系，微信聊天记录和手机通话记录可以做证，至于为什么潘十七还在跟他的其他朋友们回复微信，她也不清楚。

我还没看完，队长一个人开门进来了，把门再度锁上，坐在我对面，递给我一杯茶水，开始抽烟。

"可以聊聊了？"

"再等会儿,我得把这些都看一遍。"

于是队长很有耐心地抽烟等我,他也拿起卷宗来翻了翻,但显然心浮气躁,看不下去。我看了他一眼,从他的烟盒里取出一根烟,又用他的打火机点上,抽了起来。两人在烟雾弥漫的小房间里谁也不说话,就那么又过了接近一个小时。

"你们现在的基本分析是什么?"我终于读完了,问他。

"开了几次会,说真的,谁也没有经验,都是瞎蒙,我也晕菜了,分尸案见过的,都是身体分成三五段最多了,分别放在几只垃圾袋里,分头扔扔就完了,哪见过这个架势?"

"这是个心理变态,人家不会按照牌理出牌的。"

"你摸到他的牌理了吗?"

"摸到了一点点,我还需要再去现场转转,其实,我已经去过第一个案子的游泳池了。"

"哦,你早就在偷偷摸摸调查了?说真的兄弟,图啥?"

"闲着没事儿干,也算是一种职业病,看到凶杀案就心痒痒。"

"难以理解,我这么多年,一想到凶杀案就想吐,厌倦了,只想赶紧熬到退休算了。"

"那你对于凶杀案还不是真喜欢,真感兴趣。"

"谁看到人杀人能兴致勃勃的呢,除非他也是个变态。"

"我确实是个变态。"我在灯下盯着队长,咧嘴一笑,好让他清清楚楚地看到我的牙肉。一张常年不怎么笑的脸,偶尔笑一次,简直跟面部动了大手术似的。

"快多多少少透露点儿,说那么多废话。"

"这两个案子确实是一个人干的,这个我同意你们的意见。"

"嗯。"他又点了一根烟,目前为止,他已经连续抽了四五根了。

"值得庆幸的是，死者不是在死亡之前被刀子切割和牙齿咬噬的，否则在挣扎过程中，他们的指甲里应该会留下凶手身上的皮屑。他们的指甲都很干净，当然了，像是洗过的两双手，如果不是凶手帮他们在死后洗的，在什么情况下，两个大老爷们儿会主动去洗手呢？"

"饭前，便后。"队长一边回答一边忍住了笑。

"什么人能让你乖乖地去洗个手？"

"可能连我老婆都办不到吧，我妈还差不多，但她老人家已经去世了。"

"也就是说，只有足够熟悉的人才能办到，而且第一现场肯定是在一个封闭的环境中。因此第一个案子肯定不是在游泳池内发生的，我也去游泳池边上的更衣室看了，里面的水龙头早就坏了，物业关掉了水龙头的总闸，缺乏水源，清洗之后留下的血迹也成问题。而且，如果凶手是夜里办的，那个更衣室的玻璃窗基本都破了，略微有一些照明的光在里面亮起，附近居民楼高层住户全都可以看到，也许他们会以为是年轻人在里面搞鬼搞怪，倒是不一定会声张，但还是存在着风险，对于凶手而言。"

"所以，游泳池不是第一现场，那第一现场会在哪里呢？"队长下意识地摸了摸脸上的痦子，好像那是个存在着独立人格的生命体，他在安抚它。

"小区里的可能性比较大了。你们一定没发现死者王一宁在这个小区里租了房子。"

"查过，没查到，他不是用自己的名字租的？"

"当然不是，可能是跟同学合租，同学不住了，用了其他人的名字。"

"怪不得。他是湖南理工大学学电机的，我们去学校打听过了，这学期他基本上没住在学校宿舍里，同学说他神出鬼没的，上课心不在焉，下课噌就不见人影了。放寒假前跟家里人说想留在学校复习考研，还要了一笔钱。这些天，家属正在哭哭啼啼地跟学校闹，说是学校没有尽到管理职责，居然让学生长期外出。"

"他就住在这个小区，租房子主要为了打游戏。你觉得凶手怎么能认识他，甚至跟他熟悉起来，进了他的住处？"

"十之八九是玩游戏认识的了。"

"如果是玩游戏认识的，我们只需要查一查他正在玩的那款游戏里的聊天记录就行了。他因为沉迷于游戏，手机都欠费停机了，这么一个死宅，怎么会被凶手看上呢？"

"看上的是他独自一人过吧，方便作案。"

"他们应该是深聊过了的，建立了足够的信任感，只需要找到宅男喜欢的点，自然可以跟他交朋友，而且是很好的朋友。"

"你已经看过他的出租屋了，可以断定是第一现场吗？"

"差不多，卫生间有没有清洗干净的血迹，溅在马桶后侧。凶器应该是卫生间里的一个旧花盆，里面还带着土。你觉得什么情况下，一个男孩进了卫生间，可以让另一个人也跟进去，丝毫不觉得诡异呢？"

"这两人……关系很亲密？"

"对。"

"他是男的呀，凶手不应该是个女人吧，不过现在男孩子耍朋友也不一定要是女的。"

"三观够开放的队长。"

大牙避而不见我，她见完警察后就不知所踪了。我和米高又去挖了两次折耳根,我又去找之前去过的房屋中介,表示愿意将上次看过的那个房子租下来。那位小伙当即给房东打电话,约他隔天下午过来签约,交钥匙。去签约的时候我带上了自己那点行李,顺利地住了进去。恰逢日暮时分,小区里到处飘着辣椒炒肉或者香干炒腊肉的香气,我的住处有一个小阳台,我站在那里抽烟,远远地可以看到先前那个游泳池的一角。那一角实际上什么也看不清,凶手为什么要徒劳地把他放在池子里?如果这个案子和潘十七的案子同属一个人所为,为什么两个人,一个是抛尸,一个是藏尸?凶手如此宣扬声张的用意何在?

世界如此真切,如此浑浊。我闲极无聊,自制了一把钥匙,打开了王一宁的出租屋,警察在调查中没有想到他其实就住在这个小区里。或许登记时他填写了假名,不过实际上我住进来后,物业并没有给我所谓的租户登记表,所以,去物业那里查询并不能获得这个信息。我告诉队长这个信息后,他可能一时半会儿没腾出手来派人过来勘查。

他的房子居然是个两居,在五楼,不是顶层,左边户,屋子里几乎没什么陈设,除了一台台式机。键盘上落满了烟灰,烟灰缸里塞满了烟头,耳机的耳套边沿已经磨损得非常严重了,桌上放着几本日文版的漫画。他在屋子里活动的主要区域就是卧室,电脑在床边,床上有卷成一团的被子,单人床,其他地方除了一些破破烂烂的家具什么也没有。厕所透着一股尿骚味儿,马桶周围都是尿渍,当然了,他也几乎不打扫。厨房里堆满了外卖餐盒和塑料袋,发出阵阵酸腐的臭味,这不是因为他死了才开始累积的,这是长年累月累积的。墙皮从天花板开始剥落,一直延续到地板。我看到冰箱上贴着几张拍立得照片,基本都是他的自拍,在孤寂的房间里拍拍自己的可怜男孩。

  一张没对上焦的特写照片里的女生样子有些眼熟,她正在大笑,几缕头发挂在脸上,盖住了眼睛和鼻子,但我依然从两颗门牙的形状认出了她。比一般女孩儿的门牙大点儿,但不丑,一点儿也不。

            2012 年 9 月 11 日,初稿
            2019 年 12 月 30 日,修订

兴趣小组

那天夜里，雪下得格外大，我从雍和宫地铁口走出来，满头满脸都是雪和碎冰碴。地铁以北五百米的金鼎轩，暖气烧得热，转眼烤化了雪，把我的脑袋弄得湿漉漉的。

"我这里有个十六年前的案子，雇主心急如焚，要找可靠的人。"杨少康约我喝晚茶，问我。杨少康是我们这个圈子里所说的"案源中介"，手里握了一些稀奇古怪的案子。他中间这段话可听可不听，关于钱，他会放在最后面来讲，我只等着最后这段。一般来说，他找我，一定是万不得已，律师、警察都不难找，唯独干我这行的人最难找。

"十万，怎么样？"

"十六年前，又心急如焚，怎么只值这个数？"我随口回答。

"当然当然，不会是一口价，只要你肯接，我马上帮你去谈个更好的价格。"

他冒雪去门外打了个电话，我远远望着他的背影，喝了口茶。普通的普洱，入口无余甘，跟玻璃碴泡出来的无异。哥们儿再回来，价格已经涨了一倍，预付两万，余者一次性付清。我也不跟他计较了，这人是个生意人，一年最多找我两次，我也不想失去这个机会。

"就是需要出差，去南京。时间是弹性的，具体是多久，你问我，我也不知道，去了就知道了。"

大冬天离开北京，不管去哪里，我都愿意。在出租屋住得很憋闷，房东似有在春节后涨房租的意思，而我所有的行李不过两个手提箱。回家收拾完毕，给房东留下钥匙，我就那么走了。再回北京，我也不想再住在积水潭，地名不太吉利，有违风水，我看上了国展附近西坝河西里的小两居，挣到这笔钱后，回来搬家。

南京那位雇主提供了住处，独门独院的小楼。

"这房子是自家的，不是租来的，经常接待往来的客人，也不算太脏太乱，您尽管住下，住多久都可以，直到事情有个眉目。"接待我的人自称戈秘书，身量微胖的一个中年人，穿着雪花呢子大衣，里面是带拉链的高领毛衣，做派传统，说话谨慎。

"这多久，是个什么概念？"我暗自庆幸搬来了所有东西。

"简单说，你做好在这里过春节的准备，只要老板满意，那就可以走。老板晚上过来见你，跟你一起吃饭。对了，就在这里，你等着就是。"

他带我去楼上。楼上有个客厅，以及两个还是三个卧室，我住的那间朝北，没有阳光，但是附设了卫生间。房间不大，大概只有十平方米，但是床超级大，床上铺着大白床单，被子也是纯白的。有床头柜、台灯，窗前有办公桌和藤椅，足够了。

"二十年前装修的，现在看起来风格过时了，每个礼拜都会有人过来打扫，为了你来特地装了宽带，无线路由器我也安装了，放心吧。"

他指了指床头柜上贴的一张打印出来的纸："这是附近餐馆的外卖电话，我特地收集来，你不想出去吃饭的话，大可以叫外卖。"

屋里的气氛有点压抑，他巨细无遗地作介绍，我听得有些不耐烦。那么多卧室，却把我放在这不见天日的一间，窗外是一棵大树，树杈几乎戳进窗玻璃，叶子硬挺挺的，蜡质，墨绿色，见不到一点红。戈秘书说完后，走了，他开了辆奥迪200，二点三排气量，五缸。车不新了，车里尽是消毒药水的气味，从机场过来，在车上待了快一个小时，我身上也染了那股味道。

小院里寂然无声，树上偶尔落下点什么，落在院子里铺的石砖上，声音也出奇的小。我打开行李箱，带了一条软壳红塔山，拆了一包抽起来，一边抽一边到每个房间转转。楼上除了我住的这间之外的卧室都打不开，下楼，客厅比楼上的稍大一些，没有电视。厨房是正方形的，有冰箱，冰箱里整整齐齐地放着一排矿泉水，别无他物。我拿起一瓶来看瓶身上的字，产自捷克，萨奇苦味矿泉水。

一楼的卧室照例打不开，我试着找钥匙，到处找，却找不到，多数柜子都是空的。这时外边院子的电动铁门缓缓打开，走进来一个人。不用说，他有钥匙。我也不用去迎他，他走进来，面无表情，但也说不上太冷淡，就觉得他睡眠不好，脸上有黑眼圈，头发透着白，心事重重地皱着眉。不出意外的话，他就是我的雇主，戈秘书口中的"老板"。

老板手里提着个透明塑料袋，装着整整两排普通塑料外卖餐盒，附带两双一次性筷子和餐巾纸，我们的晚饭。他在客厅的深褐色皮沙发上坐下，这沙发跟他很搭，头层牛皮做的，款式过时，物随主人缘。他开始解塑料袋，袋口打了死结，解了好一会儿。

"这里方便说话，本来应该给你接风，找个环境好点的餐馆，改天吧。"

"没问题，我们先谈事儿。"

"住在这里，感觉怎么样？"

"挺好，挺舒服的，这院子。"我客套。

"这里的一切都是戈秘书在打理,我很少过来。你叫……以千计?姓以?"

"没错,听起来像是化名,但确实是爹妈取的,身份证上的名字。"

"北京那人给了我几个人的简历,我冲着你的名字选的。"

"谢谢啊。"

说实话,我很饿,想先吃饭,下意识地咽了口口水,他看出来了,把餐盒一一打开,荤素搭配合宜,是个点菜的老手,甚至蒙对了我爱吃的两道菜:醋熘肉和酸辣土豆丝。饭菜相当可口,像是那种小馆子里的老派厨子做出来的。

"我们一边吃一边说,这件事关系到我女儿。她不务正业,在做鼓手。"

"职业鼓手?"

"这么说也可以,她今年已经三十二岁了,不结婚不生子,一副完全无所谓的样子。那么,十六年前,她多大?"

"应该是十六岁。"

"是,刚刚上高中,那时候她瘦得不得了,已经开始喜欢音乐,经常关在自己屋里听一些动静极大的音乐,那种声音让人心慌。那时我跟她妈妈还没离婚,快要离了,我们吵架吵到半夜,听到女儿房间突然亮灯,响起那种声音。"

我不接话,听他说下去,他说得相当投入,沉浸到往事当中。

"我啊,不单是我,她妈妈也是,总觉得因为我们婚姻不幸福,才让孩子的行为举止不太正常。她很孤僻,几乎不主动跟人说话,一个女孩,常年戴着破破烂烂的鸭舌帽。经常逃课,那是后来我们才知道的,当时我们的全部注意力都放在离婚上了。"

"情有可原。"

"她经常很晚回家,每次回来都喝过酒。那是一九九六年,十六岁的女孩子出去喝酒,很少见的。我失手打过她,她就更不跟我说真话了,还离家出走过,两三个晚上不回家,在外面过夜。"

"她交往了一些不三不四的朋友?"

"肯定是,绝对的。"他一口饭菜也没吃,从随身带的公文包中取出一样东西,放在茶几上,展开,是套理发工具。

"你仔细看看,这东西有什么不对的地方。"

那套工具是进口的,上面写着德文,钢非常好,闪着幽蓝的暗光。它们摊开放在一个牛皮包内,上面是三把剪刀,形状各异。我抽出一把剪刀细看,看不出翔实,就觉得握在手中出奇顺手,钢的质地一流,异常冰冷。

"看起来,不太像理发工具。"我说。

他把那个包翻过来,解开后边的暗扣,原来里边有个夹层,夹层非常不易发觉,展开是非常长的一溜,那里面才是真家伙。整整齐齐的刀片,长长短短:心形、铲刀形、桃形、三角形、弯月形,复杂无比,甚至还有两只小巧的止血钳。

"解剖刀。"我说,"真精致,我有做法医的朋友,他一定爱不释手。"

"这个院子啊,是我父亲留下来的,部队上的。"他抬头,看着屋外的那棵树,"他跟母亲相继去世后一直空着,我女儿有房子的钥匙,她离家出走,我也没想到她是住到这里来了,谁知道她会来这里。"

"最近发生了什么事?"

"她跟上一任男朋友同居,两年前,从家里搬出去了。她是判给她母亲的，这男人我不看好，但反正他们不打算结婚，同居，我也就随她去了。上个礼拜，他们突然分手，分手的原因我不太清楚，总之她又突然搬回家了，这次要搬来跟我住，但东西搬回来，人就消失了，她总是这样。我让家里的阿姨帮着收拾她的东西，在一个旧纸箱里头，找到了这个。"

"你怀疑她犯了事？"

"跟它一个纸箱的是她高中时候的课本和杂物。"

"哦，十六年前？"

"你知道十六年前南京发生了一件惊人的案子，全国都被惊动了。"

"略微有些印象，一个女孩被切成两千多片，内脏和衣服则整整齐齐放在一边，分不同地方抛尸，头还被煮熟了。"

"那个案子发生在一九九六年一月十九日，我女儿第一次离家出走，就是那段时间。"

"你何以记得那么清楚？"

"当爹的嘛，回想起来，过去的事都历历在目。她离家出走后一个月，我跟她妈妈就离了。而且，那个案子发生之前两三个月，她无意中问过我，怎么会有人姓刁？爹妈起名多难起。"

"被杀的姑娘正好姓刁，叫刁小艾，是南京大学的女学生。"

我不巧看过这个案子的很多资料，网上能找到的，基本上都看过，都有印象。我也大概搞清楚了老板的意思，他有个年少叛逆、老是不着四六的女儿，这个女儿私藏了一套德国产的解剖刀，而她收起那套解剖刀的时间，正好发生了那么件骇人的分尸案。

他想要我查清楚：其一，女儿是否跟此事有关；其二，如果无关，那杀人的人又是谁，跟他女儿是什么关系。我并不认为他对第二个问题的穷根究底是出于正义感,他只是担忧那个杀人犯,跟女儿还有着说不清道不明的瓜葛。

"有必要的话,你查清楚一切后,我要送她出国。"

"那不要去德国。"我说。

"为什么?"

"不为什么,我胡说的。"

当晚,我在网上查生产这套解剖刀的德国公司,叫"德意志飞人",Logo是一个飞行中的男人,有胡子有头发,须发毕现,翅膀也绝对写真,每根羽毛吹口气都会飞起来。他像个忧伤的老年天使,前列腺虽在犹亡,腰间的赘肉都被画他的人美化了。

我找到这家公司的官网,幸好在德文版之外还有英文版,我用磕磕绊绊的英文给他们的客服写了封邮件,附上了图片。老板把全套家伙给我留下了,他似乎有点怕它,谁过日子也不需要这个。

并不指望他们会迅速回音,我忙别的去了。不管到哪里,我都要看好几个地方的位置:离我最近的小超市,离我最近的菜市场,离我最近的医院,必须亲自去转一遍,走路去。从我所住的深渊巷往外走,大概两百米就有一家苏果超市。菜市场得问人,巷子另一头,马路对面,有个逼仄的农贸市场。医院至少离这里一公里,以我的步速,需要走十分钟。

从医院回来,路过苏果超市,我在里面买了几只桶装方便面、纸包装的汉堡、吉列一次性剃须刀,想了想,又去隔壁的烟酒店取了两瓶伏特加,深夜独自一人,喝一点酒好过一点。有了酒,便又去炒货店称了一斤带皮炒花生。最后在一家小馆子要了一碗雪菜肉丝面,女服务员盯着我看,只好又要了一碟卤牛肉。

提着满满两袋子东西回去,晚风吹进院内,透骨的冷。从兜里摸出钥匙开锁的时候,头顶有只夜归的鸟飞过,阴影清清楚楚地落到墙头上。怎么会有体积如此之大的鸟在一月份出现?我抬头看天,天上有一勺冰沙大小的云,在暗蓝的背景中静静悬浮。

把卧室的窗帘拉上,窗帘上映出树的影子,我这才开了桌上的台灯,打开手提电脑,开始打游戏。百玩不厌的祖师爷级小游戏,扫雷,从六点半扫到十点半,又上了网银,交了手机费。我还欠一个哥们儿一大笔钱,这笔钱一时半会儿还不完,每当我手头松一点儿时,我就会给他转一点钱。飞机一落到南京地面上,我的账户上就多了两万元。

十一点不到,我开始喝酒,花生壳剥得满地都是,原计划最多喝四分之一瓶,转眼半瓶下去了。异地办案子,我喜欢花至少一天的时间适应一下水土,用一点酒稳定自己的心,让胸腔中空荡荡没有着落的心,泡到酒精和蒸馏水里洗个舒适的澡。

第二天醒来,房间里多了一个人,是戈秘书。他就站在我床前,神情自然,竟像是我多年的生活伴侣。

"老板让我过来听候你的差遣,看看需不需要用车什么的。"

"用车?我待在屋里用什么车。"

"你不出去看看现场,走动走动?"

"让我先理理思路,你老板的女儿叫什么?"

"赵武夷,老板不姓赵,她后来改姓她母亲的姓了。"

"她有消息了吗?我想见见她。"

"还没有,但可以安排。"

"尽快安排下吧,麻烦你出去把门带上,下次再来,提前给我打电话。"

"打了,您不接。"

其实是我把手机习惯性静音了。

戈秘书并没有马上走,他在楼下打扫卫生,用了大量的消毒水,刺鼻极了。

作为一个慢性鼻炎患者,我终于忍不住从床上跳起来,从楼梯口冲他喊:"能少用点消毒水吗?弄得这里跟犯罪现场似的。"

我想到了什么,又追问:"能不能把楼下卫生间打开,省得我上个厕所还得上楼。"

他没有作声,跟没听到一样,随后便离开了。外面电动铁门缓缓合上,我再度被幽闭于这个无形的密室。

这是个好牢笼,我如果在北京待一个月,万万挣不到两万块钱,不要说两万了,连头皮屑都没有。快递很少光临我的住处,门上我自己打的猫眼儿形同虚设,出手这么阔绰的客户,就算让我帮他把地板舔干净,也是情理之中,有钱人都是些怪物。我自觉很有钱,因为钱包里从没少过一百块的踪影,花完了,基本都能续上。我查了查Email,果然,那里躺着一封德国来信。

信里说:"这只是一套入门级的解剖刀,医学院的学生用刀,确实是二十世纪八九十年代本公司的产品,二〇〇〇年之后停产了。如果您来自中国大陆,我们从未在贵国设置任何代理机构,也从未有过来自贵国的医院或医学院的订单,您的朋友应是辗转得到的。"

这封Email的英文跟我的一样蹩脚,我用翻译软件把它翻译成了漂亮的中文,仔细推敲了一遍,它告诉了我如下信息:

使用这套解剖刀的未必是专业解剖人员,可能是医学院学生或解剖爱好者(竟有人爱好解剖,真是不可思议)。而爱好解剖的人,也可能是艺术工作者,比如画家,不了解解剖学,如何画出立体感强的画?其次,能够弄到这套工具的不是一般人,有特别的路子,螃蟹能在暗夜独行,是有路子。

在牛皮包的一角上,还能隐约认出记号笔写的"No.肆"的字样。年代久远,已经有些模糊不清,只勉强能认出来,上面还有刀刮过的痕迹。我把皮子拿到灯下细看,表面上确实干干净净,但内里绒面上却有褐色印记,不是一点点,而是一大片。

是血迹,曾经的。

我刚把手机调回震动,戈秘书的电话就来了。

"小姐回来了,她愿意跟你见一面,明天,半坡咖啡馆。"

"小姐?"

"老板的女儿,赵武夷,你不是想见她吗?"

"哦对,我想尽快见到她。"

我需要去见这套工具的主人,戈秘书说,老板告诉她,我是个海归IT精英,略通文艺,也有家底,是以相亲的名义见面。我这一头乱蓬蓬的头发,跟海归或者IT精英相去甚远,配合摩羯座特有的单眼皮没下巴,只比郭德纲略微英俊一点点。

"到时候,您该问什么还问什么,她的脾气不一般,要不是现在年纪大了,以前连相亲都不相的。"

"年岁不饶人,特别是女人。"

我话音未落,他已挂断了电话,跟此人打交道我总有面对的是机器人的感受,仿佛他身体里装的是芯片和元器件。

十点左右,我去了邮局,有人给我寄来了EMS。我给了对方邮局地址,用身份证取件,为了这个纸箱,我花了定金的一半，一万块。里面是厚厚一沓复印件。然后我得到这箱约莫十公斤的快递，来自江苏的一个小县城盱眙，那里盛产小龙虾，这是我知道的一切。

做我们这行的都知道，全世界概莫能外，只要找对人，就可以弄到想要的任何案子的卷宗复印件，即便不是全部，也会是大部分。他们是怎么弄到的我并不关心。我通常找同一个人，那个人会让他的伙伴就近发快递过来，他们也有网络，跟物流公司一样。一般不会是省会城市，如果你在北京，他们会从河北廊坊发来，大致如此。

呵着寒气，我打车把这件包裹弄回小院，搬上楼。从十点半到下午两点半，我就坐在纸堆里，除了问询笔录、排查记录，当然还有照片，照片是彩色复印的。关于被杀害的女孩刁小艾，我只能说四个字：惨不忍睹。如果生命有轮回，我希望她下一次能过得平安祥和，寿终正寝，坐在自家的躺椅上，做着梦离去。

她的尸身被仔仔细细地分解成三千多片，而头和内脏被煮过，挂在第二个发现的抛尸点：南京大学天津路校门口对面的栏杆上。第一个抛尸点是上海路银铜巷十三号，放在一个正面印有上海旅游，背面印有飞机和长江大桥图案的老式灰黑色旅行包内。第三个抛尸点为小粉桥，还是个老式帆布旅行包，草绿色，上面印有桂林山水字样。第四个抛尸点在校医院门口，用一条被撕成两半的印花床单包裹尸块，这床单的另一半包着在第二个抛尸点发现的被煮过的头颅和内脏，还有死者的衣物。而第五个抛尸点在校体育场的一个树洞内，用一只牛仔布蓝色双肩背包，装着她被仔细剔干净肉的骨头。第六个抛尸点在一个下水道的井盖下，死者的衣服包着她的一小部分身体。

我拿出在报刊亭买到的南京地图，仔细标注出相关地点，除了六个抛尸点，还包括死者刁小艾的宿舍，她最后被人见过的那条街，她经常去的教室、图书馆和食堂，她逛过的街，据舍友回忆，她还喜欢独自一人去操场慢跑，在晚自习之后。她生前的照片全无性魅力，因为年龄太小，看起来太书呆子气，戴着眼镜，不长不短的头发，斜站在自家房子前，表情平静，或者说，过分平静了。

所有这些地方，我必须走一遍，这是我的习惯，即便一无所获，我相信每一个相关地点的空气也会告诉我一些什么。而且，我喜欢半夜去走访有些地方，半夜，其他人都走光了，是最合适的时间。

实际上，这六个抛尸点在三平方公里之内，我完全可以靠步行走遍，走两遍或者三遍都没问题。这样的距离，抛尸者要么也步行，要么骑自行车，骑自行车的可能性更大。

抛尸的时间应该是夜间，趁环卫工人和洒水车还未上班之前，整条街一片黑暗静寂，不要指望暗地里会跑出来一只叫声粗暴、瘦骨嶙峋的狗。

不同的是，我带着一小瓶白酒，天气阴冷得让人有点儿不想活了。

每当我不想活的时候，都会下意识地想起卤牛肉，特别是刚出锅的时候，热气腾腾，香气四溢，咬一大口在嘴巴里咀嚼，汤汁充满整个口腔。过度的饥饿会让我加快吃的速度，一团团的肉糜混合了口水从食道咽下，跌落胃囊。卤牛肉用牛腱子肉为最佳，香料必须有花椒、八角、香叶、桂皮、青果、白芷、丁香和肉蔻，这八种是标准配方，我做的时候通常自己买齐香料，一样都不能少。

就是靠着幻想八种香料卤牛肉让我活到了今天。

南京大学天津路的校门看起来再普通不过，应该是后来装上了金属网格电动门，街中央的栏杆也还在，但看样子上了新油漆。

跟赵武夷的会面非常不顺利，说好的下午三点，三点整，我坐在半坡咖啡馆，礼貌性地发短信给她："我已到。"

过了半个小时，她回说："堵车，堵在一个从来不堵的路口，估计是车祸。"

她磨磨蹭蹭到四点才到，坐在我对面，一个脸上除了眼线什么都没有的瘦姑娘，疲乏，双目无神。戴着没有玻璃镜片的黑框眼镜，齐眉的厚刘海，余下的头发盘成低低的发髻，头发烫过，还染过，也是很久以前染的。脱下黑色羽绒服，她里面穿着波点紧身西服，黑底白点的灯芯绒质地，黑色低胸吊带，挂着带数字"4"的铜牌牛皮绳项链。

"别叫我小姐，叫我阿肆。"她说，声音很好听，只是硬邦邦的。

"阿肆？"

"我讨厌姓我爸的姓，也讨厌姓我妈的，一定要问我姓什么，那对不起，我姓阿。"

"那，阿小姐。"

"阿肆，大写的肆，不是阿拉伯数字4。"

她正是那套解剖刀的主人，不知道为什么，几句话后，我对她有莫名的好感。她不单是脸瘦，身上更是瘦骨嶙峋，小巧的锁骨对称地凸出来，虽以低胸示人，但没有胸，也不穿胸罩。凳子还没坐热，她已经抽了三支烟。我请她抽我的红塔山，她喉咙里发出一声"切"，并不接过去，她抽的是浅色希尔顿，焦油含量零点一，免税店的包装。

"我来见你，纯属欠我爸一个人情，他曾经送我去戒毒所，救了我一命。我们就象征性地坐一会儿，聊你的感情史为主，然后拜拜，我没什么可说的。"

"可惜我并非什么海归精英，海归是对的，一点不精英，落魄极了，连辆自行车都没有。"

"难道我爸的品位变了？能接受一个平民女婿了？"

"你爸贵姓呢？戈秘书没有告诉我太多关于你家庭的事。"

"陶，他叫陶然，陶家是南京四大家族之一，你居然不知道。"

"高干？"

"恐怕是明日黄花了，我爷爷死后，谁还给老陶家面子？但爷爷留给他的钱，也够他花几辈子了，他担心我不结婚，无非是担心这笔钱的未来。"谈起父亲，她像说一个陌生人一样，这个陌生人偶然在她母亲体内播下了颗种子，偶然形成了她。

"我就是个恶之花，恶之花你懂吗？"她又说。

"波德莱尔的一首诗。"

"果然略通文艺，跟戈秘书说的一模一样。"

"我是你父亲雇来的人，我的工作，通俗地说，是个侦探，非法经营的，我拿到的证据，到了法庭上，没人当回事儿的，要是被抓住了，当杀人犯杀都足够。"

"哼，"她冷笑，"扯吧。"

"说的都是大实话，我来跟你见面，是想知道一九九六年，你的生活里到底发生了什么。"

"一九九六年？能发生什么，上着傻不愣登的学，谈着没前途的恋爱。"

"那一年，你认识了刁小艾，你在上学和谈恋爱之外，喜欢解剖学，特别是人体解剖。"

她脸色变了，第一个下意识的动作是又拿出一根烟，点上，抽了几口，才吐出来一口，浓浓的烟雾，笼罩了她单薄的脸，让她的脸看起来像张老照片。

"我当你默认了？别担心，我不是警察，你要是信不过我，可以先给戈秘书打个电话。"

她果然起身给戈秘书打了个电话："怎么回事，什么意思？"

听到了回复，她回到位置上坐下，手微微发抖，脖子上的青筋清晰可见。

"戈秘书让我尽管相信你。"

"不管你跟你爸爸如何疏远，有一点可以肯定，他不会害你，虎毒不食子。"

"你刚才说的刁小艾是谁，我不认识。"

"可她跟你很熟，刁小艾的父亲跟前去调查的警察提过你的名字，说你给了她钱，她打电话回家时，经常说你是她唯一也是最好的朋友。"

"当年警察不也来问过我了吗？没问出什么不是吗？"

"你父亲出面保护的你，他觉得你太小了，他坚信你没有参与其中。"

"他也没告诉你这些吧，他这个人，信不过的人才不会掏心窝子呢。"

"我还是知道了，你被警察问询过，不是一次，是三次，时间越来越长，最后一次，长达八个小时。"

她没有说话。

"那八个小时里，你们一定聊了非常多，但问询笔录被人抽走了，是你父亲找的关系？"

"我什么也没说,那八个小时,我在喝水,打瞌睡,还吃了碗方便面。"

我盯住她,她眼镜框里边的眼睛,蒙了一层似泪非泪的雾气,我想从那双眼睛里找到点启示。

"什么牌子的方便面?"我问。

"不记得了,谁会去记那个。"

"谁会记不住在警察局吃的方便面是什么牌子的?"

我起身向她告别,没有提解剖刀的事。

天气非常阴冷,路面上有一层水汽,在这个城市,我没有人可以一起约着吃晚饭,我摸出手机,打了个电话。

"阿肆,对不起,我记性不好,有两个问题忘了问你。"

"你不是警察,我不一定要回答。"

"当然了,不想回答的问题,不用硬答,保持沉默即可。首先,你一九九六年的恋爱对象是谁?"

"我为什么要告诉你?"

"如果没猜错,他是不是有个外号,比方说,阿壹?"

"神经病!"

"我能说出个名堂的都不是空穴来风,没有第二个问题了。"我挂断电话。

我本来想让她陪我一起吃晚饭,即便她可能是个杀人犯,也是我在南京唯一约得到的女人。我们可以一起找个火锅店,点个双人铜锅,她坐在火光四溅的铜锅对面。不知道为什么,我对那张脸有一丝好感,要是她肯把一绺头发从耳朵后面散下来,就更好了。

当夜,我继续看卷宗,阿壹这个名字从卷宗当中来,警察也讯问过他,跟阿肆隔壁房间。他自述正在跟一个叫赵武夷的女孩谈恋爱,因为女孩外号阿肆,他便给自己起了个外号叫阿壹。他们是浩如烟海的讯问对象当中的两个,警察本来是常规地问一问,没想到他说了很多跟本案无关的私事,好像需要一个倾诉者,他控诉说阿肆可能见异思迁了,喜欢上了一个比她大的男人,这人本来是他俩的师傅。从此女友不接电话,不回呼机,他绝望极了。

当年的刑警很有意思,把这些小年轻意气用事的无聊话,都记录了下来。

卷宗重要的部分要看三遍以上,反复比对,心里有络绎不绝的蝙蝠飞出来,褐色的、黑色的、浅黄的,交错一两只纯白的。起来活动手脚,呵气成冰的夜晚,屋里那叫一个冷,拉开窗帘,空中落下轻若无物的雪。我需要吃点东西,于是打着手电出门,手电是戈秘书给的,夜里十一点之后,外边路灯就熄了,手电是进口货,沉甸甸的。

没有路灯,整条巷子就变成一九九六年的情形,巷口有家通宵营业的大排档,店家搭起了挡雪的棚子,挂了一只裸着的灯泡,热气腾腾,我过去,坐下。

"还要雪菜肉丝面?"他问我。

摊子上没有其他人,只有这对老夫妻,我从羽绒服内袋取出刁小艾的照片,一边吃面一边请他们坐下,问他们话。

"完全没有印象。"老头儿说。

"你呢?"我问老太太。

老太太一边摇头一边眯起眼看照片:"你说十几年前了,我们哪里记得住。"

"她不一定是一个人来的,也许跟另外一个年轻女孩,也许还有个男的。"

"你是说三个人同行?"

"那个男的,她们喊他阿壹,记得起来吗?"

"好像有一点点印象,他们互相都叫阿什么,全是数字。"老太太答。

"那照片上这姑娘,是阿几?"

"阿柒。"

"还有一个姑娘呢?"

"阿肆。"

我拿出阿肆现在的照片,问她:"是她吗?"

"这女孩显年纪了,但是没错。"

"为什么你能记得这些人的外号?"

"每次他们来了,我都跟老头说,一四七来了,一四七,一四七,要死去,就这么记住了。"

"懂了。"

这场景,是我雪夜外出买酒的路上幻想出来,我随身带着刁小艾和阿肆的照片,遇到合适的人也会给人看看,对方多半莫名其妙,谁的记忆中会存着这样两个陌生少女,她们当中的一个永远年轻,另一个正在老去。一九九六年也是条命,它早已死去,被一九九七年杀害,切割,分尸,尸块散落各处,下水道有它残余的身体,而我所做的一切徒劳无功。我的雇主是老板,不是刁小艾和她的父亲,我得时刻记着这一点,伸张正义这种事,可以交给其他人去办。

第二天一早,我给老板打电话,希望他得空,最好是下午,到小院来见一面,他答应了。上午我要补觉,昨晚彻夜工作,走遍了六个抛尸点,那些地方步行都可以到,我用红外相机拍下了照片,跟卷宗中的照片做比对。十六年,小规模沧海桑田,有些地方已经面目全非,有些地方依旧如故。

"您一个人来。"我补了一句。

"自然。"

那一觉睡得天昏地暗,实际上我是凌晨五点回来的,给老板打电话是七点半,五点到七点半,我没有睡,在忙该忙的事。

下午三点,他来了。

"阶段性汇报,"我对他说,"合同里有这一条。"

"有进展了?"

"是的,最大的进展就是我钱花光了,定金两万,没了。"

他深深地看了我一眼,爱伦·坡相信眼睛是我们的身份特征,他的眼神绝非空空如也。

"如果我们见完面后,我再转给你两万,你会告诉我些什么?"

"比一万多,比三万少的东西。"

"没问题,那麻烦你告诉我相当于四万的东西。"

我要他的钱,我知道他的钱来得轻而易举,何况,多数时候,合同这东西对我就是个屁,要一个屁信守诺言,不如相信吃了万年青舌头会打结。

"你女儿未必能摆脱干系,目前为止,从我知道的信息看来,她外号阿肆,而那套解剖刀上有个肆字,这个你是知道的。"

"是,所以我很担心。"

"其次,她认识刁小艾,而且是很好的朋友,在当年,你也是知道的,警察找过她,不止一次。"

"他们证明没她什么事。"

"是你把她捞出来的,而且拿走了问询笔录,没拿干净,我在目录里头发现了线索。"

"你弄到了原始卷宗？怎么弄到的？"

"花钱，两万块只拿到了上半截，我还需要下半截。"

"这套刀子出现前，我完全没想到她能跟那个女孩的死有什么直接的关系。"

"你心虚了。"

"如果你有个女儿，一样的。"

"如果我有个女儿，我会弄个密室把她锁起来，哪儿也不许去。"

"我何尝不想，但她心太野了，那群朋友能让她即便是大年三十都敢不回家。"

"你知道那个案子的第一现场就在这里吗？"

他脸色变了："我完全不知道，怎么可能？"

我站起来，走到一楼卫生间，打开门，扑面而来的消毒药水味。打开灯，灯光昏暗，里面贴的瓷砖还是旧式的，被各种药水侵蚀到斑驳剥落，我上午开了所有房间的门，重点检查了这里，老板跟随在我身后而来。

"这里，曾经有个金属台子，不久前才搬走的，四个带轮子的桌腿留下的印子还在。"我指给他看，"这里靠墙的地方，曾经放过一个立橱，一米八高，也有模糊的印子，橱柜后面的墙比较干净，我猜测里面是放各种器械的地方。"

我打开唯一的一扇小窗户，让光线更好一点。

"看到上面了吗？有四个线头，那是音箱的线头，播放器不在这里，在隔壁，那里曾经挂着四只高保真音箱，他们一边在这里忙碌，一边听音乐。当然了，他们离开之后，这些东西都搬走了，但墙里残留了一小截音箱线，是无氧铜专业音箱线，内行之选。"

"他们，真的在这房子里做了这么可怕的事？"老板声音嘶哑。

我转过头，面对着他，他的脸隐没在阴影当中，肌肉僵硬。

"难道您对此一无所知？"

"你连我也要怀疑，那我雇你来，不是自找麻烦？"

我在他脸上看不出任何不对，除非他能够强有力地控制自己的表情肌，哪怕是一闪而过，半秒钟的不对也没有。

"那为什么这个卫生间，以及大部分卧室都紧锁着，我费了好大工夫才打开。"

"一定要我说出实情？"

"当然。"

"武夷她妈妈为所欲为，我们离婚，是因为她在外边有人。"

"他们在这里约会？"

"是，前后持续了两三年，直到我发现。"

"看来，这里发生过很多事情。"

"我们分居，离婚，她带着武夷住到郊外去了，但我一天也没有在这里住过。"

"你留着它，又是为什么？"

"我一直觉得这里有某种奇怪的气息，有时候我会做梦回到这里，打开一扇又一扇门，那些门后面躺着各种各样的人，我认识的，不认识的。认识的陆续死去，比如我的父母，不认识的，也呈现出死去的状态，躺在那里，床上、地上都是血。"

"是很奇怪，这类梦。"

"武夷被警察喊去问了那么多次，我即便保她出来，又怎么可能不担心？留着这个房子，也是希望有一天能够解开这个谜。"

"如果谜底很残酷呢？"

"不，"他盯住我，"你得保证谜底不残酷。"

我直接去找赵武夷，也就是阿肆，我得跟她谈一谈，她已经接到父亲的电话，务必跟我见一面。这一次，我带上了解剖刀，把它放在一个塑料袋里提着。

我们在夜里会面，一个极其嘈杂的酒吧，她在那里有演出。她在乐队里打鼓，音乐喧嚣到屋顶快要着火，我不知道自己是不是很有耐心地在等，噪音太大，所有的感觉神经末梢都被瞬间击碎，不管是好的还是坏的，还是不好不坏的。分贝巨高的舞台上，烟雾缭绕中，她像个身披盔甲的女战神，扁平的身体被电流充满，看不见的火光四射，这个女人的灵魂出了窍。等到她下来，坐到我边上，大冬天的，浑身散发着热气和汗，我管服务生要了杯水给她。

"刁小艾不是我杀的！"她突然把头扭过来，贴在我耳边大声说。

"什么？"

"不是我！"

我已经喝了两杯原味绝对伏特加，她要了一瓶大瓶的啤酒，喝得很慢，酒量看起来一般。

"那是谁？"

"一个你即便已经想到了，也会极力把他排除的人。"

"刁小艾的六个抛尸地点，拿笔在地图上画线，连接起来，最后出现了一个阿拉伯数字，你一定知道是数字几。"

她冷冷地看着吧台上陈列的酒不说话，身上的热量瞬间挥发，这个身体的蓄热功能那么弱。有个喝醉了的乐手晃晃悠悠地过来，从背后狠狠地搂了她一下，又走开了。

"属于她的数字，她也有类似'阿肆'的外号吧？"我又问，不期待她有所回应。

她还是一言不发，虽然噪音还在。

她像矮行星一样沉默。

我回到床上想要睡，却无论如何也睡不着，心里空荡荡的。下楼，坐在客厅沙发上，给我在江苏省公安厅工作过的老朋友打了个电话，他给我推荐了一个人，当年经办这个案子的刑警之一，其名不能公开，就叫他 A 君吧。A 君做警察做腻了，正创业，从事电子商务，开了家卖偷录设备、测谎仪和监控系统的网店。

我们相约在金银餐厅见面吃午饭，就在南京大学边上的上海路金银街路口。餐厅里挤满了留学生，上菜速度奇慢，A 君出面点菜，我们互相问了几句近况，我便说明来意。

"这个案子？我唯一要说的就是你别碰，不管你要干吗。"

"你已经离开那么多年了，多少透露点儿什么给我，让我有个大方向，如何？"

"看在金局的面子上，我只说一句，不是一个人的事儿。"

"再来一句，买一送一。"

"杀的不是一个人。"

"几个？"

"我说完了。"A 君开始低头吃他的西红柿炒鸡蛋，这家餐厅炒菜油重，他却吃得很投入，饿了一个多月的感觉。分别时，我要了他的支付宝账号，现金太直接，他需要的也不是一碗普通米饭。

我给老板打电话，请他把阿肆送回家的那箱高中时代的杂物送到小院儿来，我想仔细看看里面有些什么。当然，他同意了。在等待他的过程中，我取出三枚五毛钱硬币，往空中抛了六次，它们每次都落在床单上，我用一张纸记录下每次的正反面，夕阳透过白窗帘，映在金黄的五角上，呈现恍惚之像。

老板是自己打车过来的，把纸箱放在茶几上，这次他很客气。

"里面都是乱七八糟的东西，辛苦你了。"

"也不见得是辛苦，也不见得有什么结果，只是以防万一，万一漏掉什么，会让我追悔莫及。"

"你这份工作不简单。"

他还有事要办，很快离去。

我独自一人在小院里又待了一个多礼拜，接近十天，有时出出门，多数时间待在屋里。天气越发地冷，气温下降寒流南下，我不得不把屋里的电暖气打开，紧贴着床边，床单被烤出一片浅红，我躺在床上发呆。也独自喝酒，或拿出脑子里能想到的人想一想，其间找了一次陌生女人，跟她去过两次如家，然后删掉电话，再不联络。

有一天傍晚，我打电话请戈秘书过来一趟。他五分钟后就到了，好像就在街角候命。

"对了，几点了？你从来不戴表？"

"没有戴表的习惯，沉甸甸的，压手。"他拿出手机，看了一眼，"七点二十五。"

"时间还早，要是你不着急，我们一起吃个饭，我在南京没什么朋友，除了工作也没人陪我聊聊天，你觉得怎么样？"

"没问题，我知道附近有个餐厅，主营广式早茶，人不多，味道还可以。"

找个男人一起吃晚饭，实属退而求其次的下策。那餐馆在深渊巷，店面很不起眼，若非有人带着去，断不可能自己找到。

"九六年，你已经在为老板工作了？"等菜的时候，我问他。

"那时我还小,"他说着,笑了,"是的。"

"表面上是秘书,其实更像管家。"

"可以这么说。"

"为什么阿肆告诉我,真凶是个我已经触及,但努力排除的人?"

"她这么说了?"

"对,有一天我去找她,她喝过酒之后。"

"你到南京后,都见过谁?"

"阿肆之外?也就是老板和你了,不过雇主是真凶,这种事情通常只发生在小说里。"

他正夹菜,突然停下,看着我的眼睛:"我只是个给人打工的,我什么都不知道。"

"如果这个杀人的人是你,你是为了什么?"

"那种变态杀人,不需要动机,变态本身就是动机。"

"没错,让我们来回顾一下往事吧,阿肆,阿肆那时候有个男朋友,叫阿壹,他们是两个未成年人,他们有个师傅,我们姑且叫他阿零,他们认识的过程大概如此:阿壹先认识了阿零,阿零再让他去认识阿肆。因为阿零不喜欢认识陌生人,他需要一个男徒弟给他做桥梁。"

"有意思了,零竟比一二三四要大。"

"零是一切的开始和结束,零里面包含了一切。这都是虚的,我要说的是,阿零是个师傅,他带了至少三个徒弟,徒弟一个带一个进来,排行老七的正是死者刁小艾。中间那些空缺,谁知道呢,也许有,也许没有。"

"他教他们什么?"

"还能有什么?杀人。简单地说,是个解剖兴趣小组,正式拜师的人可以领一套工具，上面写着这人的名字，诨号。他们从入门开始，解剖了一些小动物，比方说，鸽子。"

"吃鸽子的大有人在，不犯法。"

"为什么是鸽子，不是别的？这位师傅崇拜的是黑暗迷沙教，黑暗迷沙的入伙仪式就是要每个人先杀一只鸽子，然后再正式集体杀人。"

"黑暗迷沙？没听说过。"

他的神态全无变化，跟谈论一份文件该如何修改、下发和执行一样。

"黑暗迷沙是国外传来的，知道的人不多。但你信不信有些人夜里过着另一种生活？就跟史蒂文森的《化身博士》似的，白天是个搞科研的、文质彬彬的博士，夜里喝过自制的一种蓝色药水之后，躲在小巷子里等路过的女孩，找准机会扑倒她，最后杀了她。"

"你在玩一种推理游戏，要证明某个人有罪，当然可以找到理由来完成这个推理过程。"

"你是学医出身的，这个你承认不？"

"这是第一条，没错，医学院有解剖课，说都不用说。"

"阿肆最初听的那些暗黑音乐，打口带，都是你借给她的，我在她高中的杂物箱里找到一盒。"

"上面有主人签名？"

"那倒没有，只是封面内侧有人随手记了个电话号码，多年前的号，已经废了，但不影响我把它查出来。那是一位医学院教授家的旧号，这个教授倒没有直接教你，但是他女儿曾经是你的女朋友，后来呢，分手了。"

"你找到她了？"

"我找不到她，据说出国了，但谁知道，连她父亲都没有她在国外的联络方式。"

"她失踪了？"他可算叹了口气。

"我跟你一样毫不知情，但跟我正在调查的这件事无关。你从医学院毕业，却不从医，是为什么？"

"做医生没意思。"

"不，做医生本来对你来说挺有意思的，但你克制不了在手术台上做手术时，用手术刀划开病人的皮肤和肌肉时产生的那种奇怪的感觉。每一刀的力度、角度，都要跟肉的肌理吻合，要寻找最佳的角度，下刀的手劲，不能带出血沫子，也不能伤到整体的经脉结构，该果断的地方要果断，该小心翼翼的地方要懂得控制腕力。在这种情况下，戴着手套工作真是麻烦，你希望用自己的手指，指头上的皮肤，直接接触到那些皮下组织，感觉它的软硬、质感、触觉。"

此刻，他的眼神像果冻，凝固的果冻，他似乎沉浸在我的话里不能自拔，某根重要的神经已然紊乱。

"那又怎样？你有证据吗？你肯定会问我，说实话，我只对雇主负责，我要那么多证据干什么，又不是吃过比萨就号称自己了解了达·芬奇。"

"这个比喻很奇怪，"他说，"好在我喜欢跟奇怪的人打交道。"

"举个例子，你老板从未让你在那个房子里洒消毒药水，你这么做真是为了卫生起见？"

"我有洁癖。"

"而且你是个进口商品爱好者，冰箱里的捷克矿泉水，跟阿肆的解剖刀，其实来自同一个地方。那个小店专营进口食品，德国的冰冻肘子，乌克兰的牛肋骨，西班牙的火腿，诸如此类，店主米高是你的老朋友，做国际物流生意出身，从二十世纪八十年代起，他就在帮客户带各种各样的东西，没有底线，就算是手枪，就算是毒品。"

我拿出手机，翻开相册，向他展示了我和光头米高的合影，孤僻的店主跟我一见如故，他只在深夜见人，见人的方式很独特，两人在一起一茶缸一茶缸地喝白酒，就着咸鱼干。我找到他的方式也算独特，每瓶萨奇矿泉水都有自己的编码，我不厌其烦地找了个懂捷克语的翻译，帮我给厂家打电话，发传真，为了搞清楚这个批次的矿泉水去往何处。它们来中国了，坐在米高的火车皮内。米高做生意有个特点，不管是什么，不管多费事，他一定要找到一手货源，一定要从厂子里进货，这是个好习惯。

这么多年来，不知道为什么，像一只秃了一半毛的老猎犬，我能够闻出杀人的人身上特别的味道，那味道非腥非臭，近乎暮冬的阳光照射在顶楼水泥楼板上时发散出来的似有若无的微热。要想闻到这种味道，你不能靠这个人太近，五米开外最佳，五米开外，人体的体味就不太干扰了，只有那微热，那难以解释的微热的气味，会触及我的嗅觉。戈秘书身上正好有这种看不见摸不着的热波，我第一次见到他就隐约觉得哪里不对，但不好确认，他的冷和平静掩盖着那不断低频振动的波。

"只知道你姓戈，大名呢？"

"戈林。"

"米高什么都没说，他守口如瓶，你放心，我们只是在一起喝了一顿酒，喝到两人都高了，即便如此，他还是什么都没说。"

"我相信他的人品。"

"你现在觉得我该怎么去跟你的老板汇报这个结果?"

"说他女儿有个教她人体解剖学的师傅,这个师傅在他身边工作了十几年?"

"他会第一时间解雇你,然后就不知道了,应该不至于向公安局报案。"

"是,这会牵连到小姐。"

"他只想让他的女儿出国,远走高飞,跟这件事再也没有关系。"

"你也只需要给他这个保证,你应该知道,我对男人没兴趣,所以老板没事,阿壹也没事。"

"那阿肆呢?"

"她简直就是个男人。"

"哦,你为什么从那以后再也没有任何动静了?"

"我不知道,我怎么会知道?"他说完这句话,把脸侧向一边,望着不远处。

他看得太久,我忍不住扭头看了一眼那里。在我身后不远的一张餐台边,坐着一个正独自喝着鸳鸯奶茶的瘦弱女孩儿,十七八岁,戴着眼镜,半长的头发紧贴着脑袋,她恐怕不知道谁正看着她。我站起来,转头向那个女孩儿走去。

"姑娘,一个人?我叫以千计,所以的以,千万的千,计算的计……"

我不知道,我怎么会知道,我突然什么也说不出来了,南京隆冬的冷空气冻住了我的舌头。

2013 年 9 月 11 日

有人迷醉于天蝎的心 ————

时间直线向前,这就是局限性。

她在人堆里显得格外引人注目,用充满了卷舌音的普通话高声谈笑:"说什么呢,小白又不是外人,我们这多余车号就给她用了,现在摇个号儿多难啊,你又不是不知道。诶,小白,我跟你说亲爱的,你就买辆随便什么二手车,你不是喜欢吉普吗?那就吉普,J,E,E,P那个吉普,亚光黑的,倍儿酷,买一辆,上了牌,先使着。这车在我名下,各种费用你自己来,我也不缺这辆车,你肯定不会信不过我吧?"

她说话的时候,众人鸦雀无声,独角戏女一号。当时我正靠在栏杆边喝我的青岛瓶啤,初秋的雁栖湖真是美,湖上蒙着一片淡淡的雾气,这套别墅正在湖的一个小岬角上,前面挡着一片湖中岛,别的倒没什么,就是水中的芦苇,跟一根根倒刺一样扎入水中,因为芦苇长得太茂盛,尤其是正对屋子的那一大丛,让人忍不住怀疑淤泥底下埋了具尸体,负责提供养分。

我还在听她讲话:"你说现在年轻人儿怎么都那么不要脸啊,我明明跟她说了几百遍,店里的衣服你随便穿随便试,不要拿,尤其是不要拿钱。比方说那件衣服我卖八百,你猜怎么着,她跟顾客开口要九百,有些人稀里糊涂就给她九百,她把这一百块就给眯了。还以为我不知道,我跟那些顾客是什么关系,多数人是我姐们儿你知道吗?就算不是姐们儿,一回生二回熟都成姐们儿了。"

这别墅像个水上屋,漂浮在水上,阳台外就是湖水,天色渐黑时,雾气慢慢涌了上来。不知道是我喝多了,还是烤肉太撑胃,饭饱神虚,那天余下的事,我都记不清了。

一年之后,或许是十三个月,我再度见到了她。这回是她主动约我见面。见面的地点当然不是她的大屋,在五道营的一间叫作三叶草的小咖啡馆,那里有两只墨绿真皮的古董沙发,我跟她各坐一边,店员过来为我们端上了两杯滚烫的现磨咖啡。

"我开车来的,夜里我什么都不能喝,都给你吧,给我来杯柠檬水就行了。你的电话是小白给我的,小白跟我说,你是做咨询顾问的,我就问她,什么叫作咨询顾问,她说,你什么都能调查出来,不管是什么,给你钱你就给办。"

"差不多。"

"你别想多了,我可不会跟一个陌生男人来这种乌漆麻黑的地方见面,这里是干吗的?灯都不开,点什么蜡烛啊,有必要吗?又不是情人幽会。"

"你就当蜡烛是台灯。"

"小白什么都没跟你说吧?"

"我跟她不熟,那天她有点事情找我帮忙,顺道带我去你家玩儿。"

"那她找你咨询什么?她能有什么事儿啊,一个小丫头片子。"

"微不足道的小事,我都记不起来了。"

"小白说你有严重的健忘症,我还以为你连我都想不起来了。"

"怎么会?"

"想想也是，跟我见过一面的人，不留下深刻印象的很少，我这么说你不会觉得我太自信了吧？"

"不会。"

比起一年前，此时的她两眼浮肿，头发蓬松而略显凌乱，好在娇小的身材如故，窄窄的肩膀如故，脖子上有一道不易察觉的咬痕，即便烛光昏黄我依旧辨认得出来。这种女人，你会忍不住帮她在身上找条疤痕，否则不完美。

"我总觉得有人想杀了我，这不是虚张声势、耸人听闻，是真的。"

"你结婚了？"

"结了，这不重要吧，关键是有人想杀我。"

"看来你知道我绝不调查外遇，任何外遇。"

"嗨，我老公外边有没有女人，是谁，我压根不关心，也无所谓。"

"你说有人想杀你？"

"你果然健忘，一秒钟前说的话你转眼就忘。"

"是啊，我正在吃药，21金维他，液体钙胶囊，诸如此类。其实医生也不让我喝咖啡，可是这么晚了不喝咖啡，只能喝酒。"

"就你这烂记性，能好好工作？"

"工作上的事情我从来都记得一清二楚。"

"说嘴打嘴了吧，刚才我说的话，你就忘得一干二净。"

"那是因为我还没进入工作状态，我对工作的定义是：定金到来的那一刻。"

转眼间，桌上多了个信封，招商银行的，你去银行取款多一点，可以管柜台内的职员要一个这样的信封。里面鼓鼓囊囊的,你用余光都可以看到它的厚度,但我眼下不缺钱,在不缺钱的季节,我宁可坐在雍和宫桥上等着交警开着闪着顶灯的警车来抓我。我可真喜欢惹事儿,蹲看守所,多认识几个惹是生非的朋友。

"定金到了,你可以开始工作了。"她不容置疑地说。

事实证明,这个女人只是想雇个保镖,一大早,她就用一迭声的门铃把我吵醒。她一定要我在合同上写下我的家庭住址,说以防万一,夜里我容易被女人的软磨硬泡摧毁心理堤坝,她要我写上地址的时候,使劲地摇晃我的胳膊,几乎要把我摇碎。

他妈的,我迷迷糊糊起来开门,门外站着一个仅仅画了眼线的她,整个苍白的脸上只有上下两根眼线,眉毛是纹的。她穿着针织豹纹紧身裙,皱巴巴的,好似刚从宽街的外贸小店抓出来套上的。

"该起床了,小以。"她直接进屋,也不问别的,冲到我的卧室,把窗帘打开。

我跟着走回卧室,二话不说,又把窗帘合上。

"我从来不开窗帘。"

"你也太不灿烂了,小以,见点光怕什么,瞧你这屋里一股霉味儿。"

"麻烦你,叫我以千计,小以听起来像小尾巴狼,没发育好的小狼崽子。"

屋里光线微弱,除了窗帘边儿透出的一点光。她站在我跟前,一颗干豆子也可以轮廓清晰,且发出微弱的光,她疲惫极了,两颊深陷,脖子上的颈纹清晰可辨。

"我说小以,你要救我,你一定要想办法救我,"她情绪突转,眼中泛泪,"真是有人要杀我,一定要置我于死地,我招谁惹谁了。"

当时我们正站在我那窄小的床边，床跟窗户之间只有一米不到的距离，底下铺着一张没有鞣制过的小羊皮，有一年在西藏那曲农牧业集市上买的。我很担心她开始哭，不管是捂着脸哭还是靠到我身上哭，这都是难以收拾的局面。我试着从她边上走过去，走到外屋去取打火机和烟，这狭长的小两居，有一小间堆满了杂物，客厅被我改造成简陋的办公室。

我把办公桌前的单人椅收拾干净，上面全是各种家伙事儿，连厨房里的勺都放在这里。

"你过来，坐这儿。"我冲着卧室喊，拍拍椅背，她走出来了。

我坐到办公桌的另一头，那里有把二手电脑椅，我从赶集网上弄来的。从积水潭搬到西坝河，说不上人生有什么进步，只求有张安静的书桌，供我好好扫雷和空当接龙。桌上摆满了我喜欢的物件：烟灰缸、几个喝空了的酒瓶子、一把马刀、带陶土盆的常春藤和一对老牌音箱。抽屉里勉强有几份文件，做完的案子的材料，我一概把它们放到床底下的大纸箱里，这里看不到。

"坐下，既然昨晚你吞吞吐吐不肯说，在这里说。"

"我这人有个习惯，第一次跟人见面先不交心，先观察，看看这个人是个怎么样的人，然后再说。"

"我通过初审了，看来。"

"可不，你赢就赢在你那心不在焉的劲儿，我特喜欢。男人心不在焉，比咄咄逼人的强。"

她可算坐下了，我给她从饮水机里接了杯水，她不要，说要茶。什么叫茶，我八辈子没喝过茶，家里只有一包拆过包、不知道放了多久的杭白菊,只好给她抓了把扔在玻璃杯里。

"所有这些蹊跷事都是在我车里发生的,"她喝了一口菊花茶,气色和缓了些许,"第一次,我在车上发现了这个。"

她从随身的手拿包里拿出一个小纸袋子。倒出来,里面是一根人的手指头,微微弯曲,带血的。

"我当时吓得尖叫你知道吗?就这东西,谁见过这个?!就放在我的副驾上,一大早我开车要去店里,整个晚上都没睡,晕晕乎乎地开了车门,伸手一摸就摸到这个。"

我伸手过去拿起来仔细看,不过是一根做得极为逼真的假手指头,连指甲盖儿都高度仿真,血迹像是流下来了,且可以擦拭掉,随和的O型血。像是那种恐怖片片场或者万圣节的吓唬人用的道具。

"你没报警?"

"报警?我哪敢报警啊。"

"有什么不敢的?"

"是可以报警,可是,我告诉你你可一定要替我保密,当时我的车停在我男朋友家的地下车库里。"

"你在他那里过夜?"

她点点头:"我不能报警。"

"怕招来警察,警察再通知你老公?那能说说你男朋友吗?"

"没错,车是我老公名下的。哦,男朋友,当然是男的,他呀,长得特帅,脾气好,又Man又温柔。"

"你们在一起多久了?"

"三个多月吧,也就三个多月,当时一个多月吧。"

"怎么认识的?"

"朋友介绍的,可靠的朋友,一个圈子里的。"

"居然有这种专门为已婚女性介绍男友的圈子。"我不无羡慕地说。

"都是关系很近的姐们儿,彼此什么事儿都知道。"

"他独身?"

"当然,他比我小多了,小十岁,不独身才怪。"

"你日常就是开开服装店,没别的事?"

"唉,你不知道,我忙死了,要上瑜伽课,要读书,要听音乐,有时候还要出去旅行,正打算去趟不丹,在办签证呢,一天要交给不丹政府二百五十美元的环境损伤费。"

"自己去?"

"哦,不,怎么可能?跟我老公一起去,这钱,得让他出。"

"我明白了。你在认识一个多月的男朋友家过夜,早上起来去地下车库开车打算离开,然后在副驾上发现了这根仿真的手指头,然后你觉得有人要杀你,是这样吗?有没有可能是你男友干的?"

"不可能,整个晚上我们都是醒着的,他一分钟也没离开我一步,我们连洗澡、上厕所都在一起。"

"有谁知道当天晚上你去他那里?"

"我谁也没告诉,难道去约会还要在朋友圈发个消息说,我去西大望路谁谁谁家了,有事去那里找我?"

"那倒是。"

"何况,单是这样,我根本没必要找你,我是那种咋咋呼呼的小孩儿吗?我有那么扛不住事儿吗?"

"我想也是,还有其他事情发生。"

"比这个严重,这个手指头我一直偷偷藏着,藏在后备厢里。然后,一个多礼拜后,我去宜家买东西,有时候心情不好我喜欢去宜家逛逛,买点东西,吃一份三楼的瑞典肉丸盖饭,那样心情很快就好起来了。然后吧,在停车场,我刚打开车门打算进去,就被打昏了,有人从后面一棒子打昏了我。"

"你还是没报警?"

"当然报了,在公共场合不报警怎么行。当时一脸的血,缝了八针,头皮破了,现在头发长出来看不太清楚了。"她低头,翻开头发给我看,在发丛当中,确实有道疤痕。

"宜家的经理,一大堆保安和员工全来了,派出所的片警也来了,那个人早就跑没影了,我一下子就昏过去了,连那人的脚步声都没听到。警察说,他使的是个金属质地的东西,力道再重一点,我可能就没命了。"

"他们查了查,也就不了了之了?"

"废话,我这事儿都上报纸和网络了,说的是一位宜家的女顾客在停车场遇闷棍党袭击。经理赔礼道歉,当日购买的东西免单,可惜我买得太少,赔付完医疗费,也就没下文了,我能找谁去?"

"你觉得这件事情跟车里出现手指头是一个人干的?"

"不知道,直觉吧,两个礼拜接连出事,谁会觉得是偶然呢?何况后面还有。"

"哦?"

"事不过三,这是最新的情况了,就在前天,前天是怎么回事儿呢,我跟我男朋友去丽都饭店里边吃那家特别好吃的泰餐,吃完了,我们心血来潮打算住下,也是吃多了,困了,想找个地方睡一觉。"

"为什么不去他家?"

"等不及了嘛。"她笑出声来,"我们到现在还是热恋状态,经常突发异想去个什么地方住下,钟点房根本满足不了我们的需要,一住至少就是一晚上,第二天磨磨蹭蹭退房。"

"真不错。"

"进了房间,我们一起打了个盹儿,然后,我们一直在床上,这下就到了傍晚,一个下午过得飞快,我们当然不打算出去吃晚饭了,喊了餐来房间吃,两人一起吃,你喂我一口我喂你一口,气氛,别提有多美了。可惜我头上的伤口还没好彻底,还一扯一扯地疼。"

"目前为止,还都不错。"

"不错个屁!吃完饭,我们在床上躺着看电视,九点多,又做了一次,然后他就睡着了。我的伤口实在疼得不行,可能是不小心碰到了,我就想找个附近的社区医院看看,换个药,也不想惊醒他。男人嘛,整个下午加晚上接连不断的性生活难免疲惫,不打扰他了。"

于是她离开房间,去往丽都饭店大门西侧的停车场,时间不过十点来钟,停车场里还停了不少车,保安在值班室坐着,值班室的房间亮着荧光灯,照亮了窗口一小片地方。停车场上也有灯,但不是特别明亮,大概要跟周边的植被显得和谐,绿树的树冠掩盖住了部分路灯的光亮。

他们来时,停车场几乎是满的,所以车只能停在西北角,紧里头,一个凹进去的灌木丛边,那里只有两辆车的车位。她的奥迪TT占不了多少地方,深隐其间,她用电子钥匙开了车门,坐了进去,把钥匙插入,车启动了,但是启动的时间超过以往,其间还有轻度的、不易察觉的晃动,车子像打冷战一样在发抖。

她顺利地把车开出停车场,开到路上,十点来钟,公交车已经停运,路上的行人不多,饭馆也已打烊,一只流浪的黑狗飞速奔向丽都桥的桥下。她感到车越开越慢,看仪表盘,油箱还有一半,但踩油门已经不顶用了。她只好跟着黑狗把车滑入桥下,那道铁门开着,铁门内有间荒废良久的酒吧,上一次世界杯这里还人声鼎沸,人们在此通宵看转播喝啤酒,但很快酒吧关张,无人问津。

她把车停在酒吧门前的空地上,正对着挂了一把大锁的门。凉棚歪斜,还有一个被缠了铁链的海尔牌冰柜,这一切都是车灯里的所见,还有很多车灯照不到的地方,躲在阴影里。

"你打算怎么办?"我问她。

"说真的,我的第一反应是给我老公打电话,以往这样的事,我肯定得给他打电话,他什么都能搞定。我不知道保险公司的电话,也不知道道路救援的电话,这些东西结婚N年,就没在我脑子里停留过一秒钟。"

"但你不敢。"

"是啊,解释不清楚,我怎么会在这里,或者我为什么路过这里。我那天跟他说的是,我开车去天津进货,有一批外单衣服在朋友那里,所以我会在天津住一晚上。"

"你经常去外地进货?"

"不,确切地说,是我交往了现在这个男朋友之后,才拿进货当借口外出的。要跟他过夜,必须有合适的理由。以往我只在动物园进货,有几家常常进货的店,关系不错,犯不着去外地,又受累又增加成本。"

她独自一人坐在已经开不动的车中,拿出手机不知道该打给谁,这一切犹如在梦中。这里离她丈夫有六十一点五公里,离她男友不到一公里,她舍不得喊醒熟睡中的男友,不敢告诉一无所知的丈夫，进退两难。

她下车检查，用手机做电筒。车后拖着长长的一道油痕，油箱漏油了，只消有人往这条油痕扔个烟头，她立马葬身熊熊火海。

"你说，这还不是有人故意的吗？"

"看来是。"说毕，我跟个真正的私家侦探一样陷入了沉思。沉思的时间越长，频率越密，越显得你是个深邃有内容的人，当然，我也可能是走神了，直到她的眼泪把我拉了回来。

这世上暂时还没什么事值得我伤心落泪，我常常是落泪中人的旁观者。她的眼泪一滴滴从脸颊上滑落，分不清真假，跟我前天晚上梦到的猴子差不多，虚幻与真实交织。我记得猴子在梦中跟我龇了龇牙，直至露出粉红色的牙龈。

"我费了很大的劲儿找来了拖车，把我的车拖到4S店，我老公也去了。在喊拖车的同时，我给他打了电话，说我没去天津，跟一个要好的女朋友吃了晚饭，想绕到丽都里的屈臣氏买点东西，车熄火死在了那里，才发现油箱漏了。"

"他没有怀疑你？"

"他忙着跟4S店的人接洽修车的事，没工夫搭理我。然后我偷偷给男朋友发了个短信，解释了我离开酒店没有回去的原因，他昨天才跟我联系，说那晚睡得太死了，问了我的状况，听说一切处理得好好的，他也就放心了。"

"车修好了？能带我去看看车吗？"我问。

"当然。"

我们一同去往小区狭小的停车场，小区的车主大多上班了，停车场上空空荡荡，只有这火山红的奥迪TT格外显眼。我绕着它看了一圈儿，又坐到副驾上，她也坐了进来。

"油箱的照片拍了吗？"

"当然了，保险公司肯定要的，我在4S店拆下修理时让我老公拍了，手机拍的，不是特别清楚。"

我接过她的手机，放大图片。

"4S店的人怎么说？"

"他们说是底盘剐蹭造成的。"

"就这样？"

"就这样。我才不信呢，底盘剐蹭，以往我还信，现在我再也不信了。"

"我想见见你男朋友，问他几个问题，可以吗？"

"可以，但不许你怀疑他，他不是那种害人的人，不是因为他床上功夫好我才这么说的。"

"床上功夫再好，也是因为你们的热乎劲儿还在。"我一边说一边看着她的胸口，那里有一块新的咬痕，像是激情所致。

跟她道别后，我独自溜达到国展，那里正举办国际珠宝展，我在某个展位寄卖结婚戒指。这个戒指稀松平常，我开的底价也非常上算，比方说，市场上卖一万，我只要十分之一，一千块。我去看一眼我的戒指出手了没有，当然了，它还躺在一块黑色的细丝绒布上，来来往往的人看也不看它一眼。

这个展位上看摊子的不是我的朋友，我装作对这个戒指很感兴趣的样子，请他拿出来给我看看。

"不错，做工不错，大小也合适。"我把戒指戴在它本来在的指头上，来回看。

"买这款，挺合适的，只要八千八百八十八元。"

"嗯，我考虑考虑。"我把它脱下来，放了回去。

我没有穷到非得把戒指变卖掉不可，但我讨厌财产这个东西，特别是值点儿钱的财产，略微值点钱的东西放在我身边，都让我如坐针毡，好像原始人的岩洞里躲藏了个外星人。从国展回家后我认为我得喝点酒，让自己保持清醒，我从小区楼下的小卖部买了一瓶三年陈酿的塔牌绍兴花雕，买它的缘由是秋天快来了，空气里透着凉。喝酒方面我不挑剔，最差的工业酒精我也喝过好几回，每次都喝得喉咙快要起泡。

晚饭后，那个女人给我打来电话，说第二天可以跟她的男友见面了，我当时要求去他住处附近，其实我想顺道看一看他住处的地下停车场，发现带血的手指头的第一现场。我已经快要把那瓶花雕喝完了，头昏脑涨，挂了她的电话，我立刻给小白发短信，让她过来。

我们躺在床上用手提电脑看《犯罪心理》第八季，此前做爱做得很不成功，我总是插不进去，她也失去了耐心，花雕让我变得软塌塌的，我们打算作罢。我跟她聊了聊那个女人的事，她说没想到那个女人那么火爆，只知道她婚后有过情人，没想到不止一次、不止一个，还闹出这么多事来。

"你别告诉她我跟你说了，违反职业道德。"

"你居然会觉得自己在从事某种职业。"小白笑了，她笑起来的时候，两只眼睛变成两条小金线，似有若无的金线，让她看起来既绝望又乖巧，我就喜欢她这点，但我从不提出两人最好住在一起，这种决定对我来说太重大了。婚姻没有意义，同居也没有意义，两个人发生关系本身没有任何意义，最好和最差的时候，都没有意义，我们认同这一点，她不止一次跟我说这一点是我们身上最相似的地方。

这不妨碍我们在一起睡觉，醒来后一起去楼下的庆丰包子铺吃了早饭，然后我送她去了公交车站。她是个保险销售，已经做到很高阶了,可是她不想买车,去哪儿都坐公交和地铁。

车刚开走,她坐在最后一排,小小的脑袋探出车窗,头发还有些凌乱,那脑袋显得很小,发量也很少,惹人怜爱,她远远地看着我。我先是向她挥挥手,想了想,掏出手机给她打了个电话。

"你可从来不说你刚走我就想你了这种大俗话的。"她在电话里说,公交车开得很慢,与此同时,我看得见她晃动的身影。

"偶尔说一下也无妨。"

"还是别说了,有失体面,下礼拜吧,下礼拜我给你电话。"

"你男朋友没发现我们在一起?"

"去,是前男友。"

"对了,忘了问你了,那个女人,还有她老公,谁是你的客户?"

"都是,当然,是她老公买的单。"

"保险额度大吗?"

"怎么,你打算让我违反职业道德?"

"不说也没关系,我能查出来。"

"我懂了,真不该惹上你这个危险分子,你问我们公司的其他销售去吧。"

我们总是用这种近似吵架的方式调情。公交车已经开远,以它的稳重和决绝,这样开下去会去往月球,月球应该只有两个公交车站,分别在月球正面和月球暗面。不到中午我们就和好了,她给我发来了保单的底本复印件,发到邮箱里,在电脑上放大后,细节一览无余。

在见那个女人的男友之前,我先去了他楼下的停车场。门禁并不严,简单说,我顺着开车的车道就走下去了,保安以为我是懒得坐电梯的住户，问也不问。那女人喜欢把车停在离电梯口最近的地方，我仔细问了那天她停车的位置，她居然回忆得起来，也告诉我了。

停车场内亮着冷冷的荧光灯，偶尔还有一两只快坏掉的灯管闪两下，里边有微微的寒气和似有若无的轰鸣声，附近似乎有个机房。下午三点，那个车位空着，实际上多数车位都空着，车主们还没下班回家。我感觉了一下周边的形态，顺着车位走到电梯口，上电梯无须门禁卡，这个楼没有那么新、那么高级。

然后我坐到十七楼，按了一七〇四室的门铃。

"我以为是快递。"一个打扮停当、打算出门的年轻男人开了门，也不等他反应过来，我已经走进去了。

"我想了想，还是来你家见你算了，外边乱七八糟，说什么都不方便。"

"你就是以先生？她直接把我的住处告诉你了？"

"没错，知道你的住处也不需要她来说，打个电话给物业不就行了。"

"这物业，够呛，太不尊重业主隐私了。"

"别生气，是我不好，想怎么样就怎么样，坏毛病。这房子是你自己买的？"

"二手房，手续办好了，已经过户了。"

屋里到处都是摞起来的纸箱子，看起来搬家没多久，还没收拾停当。这是一个两居室，客厅朝南，两间卧室，他把其中一间小卧室改成了健身房，里面放着跑步机、综合健身器和杠铃等物，那些东西都是新买的。厨房的橱柜看起来品位不俗，西式的抽油烟机，甚至还有洗碗机，很奇怪，一个男人这么讲究，跟 gay 似的。

"这个位置,十三号线,房价多少?"我一边在室内闲逛,一边问。

"哥们儿,问这么多干吗?"他像个扑了粉、画了眼线的男人,总之皮肤细腻无比,脸部轮廓不太自然,整个脸,不知道哪里动过刀子。我们一起坐到客厅的沙发上,沙发也是新的,新得闻得到不知道第几层牛皮的腥味儿,牛必是死于工厂做那沙发的不久之前,崭新的冤魂。人不会想象有一天牛也会端坐在朋友家崭新的人皮沙发上,互相直视。

"当然啦,你也不用说,我百度一下不就知道了。对了,你们是怎么认识的?"

"她怎么说的?"

"她说你们是在卡拉OK包厢认识的,有朋友过生日,包了个通宵,你唱歌特别好听,像任贤齐,唱着唱着,就剩你俩了,其他人都困了,喝趴下了。"

他笑了一下,嘴角有酒窝,这让他更显妩媚。我意识到他的眉毛修过了,修成很规整的眉形,眼睑上了高光粉,现在的女人原来喜欢这种男的,看起来完全是塑料加工厂成批出品的:粉衬衫,绷着高高的胸肌,底下是条包臀洗白牛仔裤,大腿内侧甚至破了两个洞。

"既然她什么都说了,我也不用做任何补充了。"

"关于你们的关系,有一点我不太懂,得请教你。"

"说。"

"你看上她什么了?"

"一对男女在一起,有什么看得上看不上的,对上眼儿就在一起,合不来就散伙,不就是这么回事儿吗?"

"她跟你对上眼儿了,你跟她未必,我说得没错吧?"

"别他妈绕来绕去了,你不就是想说我看上她的钱了,想谋财害命。"

"我什么也没说,你说的。"

"你录音了?"

"没有,录个屁音,有意思吗?"

"那我告诉你,我跟她上床,就一个理由,你信不信?"

"说说看。"

"她很紧,是我上过的女人当中,最紧的。"说完,他起身开门,做了个请我滚蛋的姿势。

我喜欢撒谎,我不但录音了,还录了像,准备拿回去慢慢观看:各个房间,各种细节,各种家具,各种物件,从一个人的家里面,能分析出关于这个人的太多信息了。如果你是个老手,侦探这活儿,没什么神秘的,就看你是不是足够仔细,足够动脑子,虽然我看起来不喜欢动脑子,脑子闲在那里跟个荷兰大风车似的,但那都是为了恰当的时候再拿出来用。

离开他家后,我径直坐地铁去往芍药居,地铁这一站的出口有点让人迷糊,出去,跨过过街天桥,往前是新通的六号线。我记得六号线的终点叫作草房,像是昔日军队储备粮草的地方,有机会深夜坐末班车过去看看,在那里住一晚上,也算换个环境。我不能一整天都花在工作上,这就差不多了。我坐地铁去往望京西站,从那个和那里的地形一样乱七八糟的地铁站走出来,一路步行去往繁华地带。那里有家我熟悉的书店,环铁书店,得走至少四十分钟。

出于对占有的厌恶,我几乎不买书,看书都是在书店完成,看到特别感兴趣的书,我会拿出小铅笔头在上面做记号,提醒将来买这本书的人:别看你掏钱买了,你看的还没我多,你只是买了几百页纸回去而已。

　　我去那里站着继续看没看完的一本书,《混凝土里的金发女郎》,书名起得太有画面感了,你的脑海中会浮现出一个裸体女人的身影,她凹凸有致的身体嵌在水泥当中,灰的硬物与雪白的软体,也许睫毛上和嘴唇间都是泥灰,她越是美,你越是觉得死亡的降临是那么适逢其时。要是我知道当天下午发生的事,我就该起个书名叫作《深埋淤泥的天蝎女》了。

　　她一直没跟我联系,我打她电话没打通,所以给她发了条微信,说我去过她男朋友家了,我们聊得不错,跟朋友一样聊了聊,等她有空了给我回个电话,我们商议下一步怎么办。

　　然而一直没有消息,直到小白给我打来一通莫名惊诧的电话,她在电话里语不成句:"她死了,车祸,雁栖湖,我早说了那里的车道太窄,底下一边是湖一边是发电站的水坝,夜里开车一不留神就会掉进去。"

　　"她和她的车,掉到了湖这边还是水坝那边?"

　　"湖里,附近全是各种单位的疗养院,有个喜欢夜里钓鱼的老干部发现的。"

　　"人都会死的,并且不会幸福。"

　　"什么?你说什么?"

　　"不是我说的,加缪说的。"

　　"嗨,我说你这时候还说风凉话呢,所以,她找你查的事儿了结了,雇主都不在人世了。"

　　"没完,我接了这活儿了。"

　　"那尾款怎么办?"

　　"不存在尾款这回事,她已经把该给的钱都给我了。"

　　"那她是真的预感到了自己会死。"

"有可能。"

警方的调查结果很快出来了，刹车失灵，不慎坠湖，死者甚至涉嫌酒驾，她血液中的酒精含量为四十毫克每一百毫升，已经是饮酒驾车的范畴。所以，保险公司据此不给任何赔偿，不算意外死亡，是酒驾死亡，她老公拿不到哪怕一分钱的保险赔偿金。

我在公安局门外等到了她老公，他是个四十出头的中年人，平日肯定习惯了穿西服，衬衫最上面那个扣子都扣得紧紧的，没有系领带，穿了件普通的黑色夹克，夹克像是穿了很多年，袖口都磨出毛边来了，祖传的衣服一般。他低头走路，走到自己的车前猛地抬头，跟我打了个照面，脸上并无忧伤之色，当然了，也没有喜笑颜开，就跟什么事也没发生差不多。

"很冒昧来找你，"我说，"也不多废话了，我是你夫人生前雇来调查一些事的人。"

"她没跟我提过这事。"

"她当时很害怕，这段时间，她一直很担心自己被害，现在看来，果然出事了。"

他开了车门，我们一起坐到他的车里，那是辆路虎四驱的越野车，车内放了不知道什么空气清新剂，像是气味图书馆的产品。

"你要我说实话吗？一点都不意外，她跟我说过很多次，将来没准儿就落在那湖里，黑咕隆咚的半夜掉下去。"

"所以你早已有了心理准备。"

"我们的感情一度还不错，后来慢慢坏掉了，她呢，上海话说就是有点作，没一分钟消停的，一定要搞出点什么事儿才行。"

"你觉得这都是她自找的？"

"这么说太残忍了，我们毕竟做了十六年的夫妻，她也有她的好处，只是这好处我越来越记不清楚了，不知道何年何月渐渐消失，这些年来，我们跟住在一起的两个陌生人没什么区别。"

"所以你看起来也不是特别难过。"

"难过是有的，来不及反应，还要去应付她的家人，我压力很大。"

"你觉得除了意外，有没有可能是他杀？有谁可能想要置她于死地？"

"她嘴巴厉害，容易得罪人，这个我倒说不好了。"

"你们在经济上共享吗？"

"差不多，我的钱她也够得到。"

"最近她有大笔的开支吗？在你们的共同账户上。"

"她取了不少钱，说是服装店亏钱，得补上，她一直不太想继续经营那个店了，说真的，挣不了钱，就是当个动静，让她保持忙忙碌碌的样子，骗骗自己，也骗骗别人。"

在等到他之前，我进入停尸房见过她，进去的方式无非是找了熟人，一个做法医的老朋友给打了招呼，说我是她的表弟，感情特别深，一起长大的表弟。

她躺在那里，面色枯黄，面容沉静，从未有过的放松，像一个生活在大城市，但操劳程度不亚于农妇的女人。好像在脸上涂一些血色，她还会睁开眼睛，坐起来，抓住我的胳膊，质问我到底是谁不想让她继续留在这个世上。她因为身体遭受激烈撞击而亡，头顶有个巨大的伤口，颅内出血，车沉入湖底之前她已死去，身上的伤比想象中少很多，只是胳膊和大腿上局部有瘀青。

"你肯定车里只有她一个人？"我问法医，她一副没打算回答我问题的模样，轻哼了一声。

"车里没有其他人吧？"

"还用说吗？有的话，也会直挺挺地躺在这里，深更半夜的，她又喝了酒。"

"也是，可怜我这表姐，还没个孩子。"

说着，我真的有些难过，只要不是个冷心薄面的人，面对此情此景，都会感到难过的。

见过她丈夫之后，我请他带我到事发现场去看看，他正好要回家去，葬礼需要很多准备工作，他得一一忙起，我就是一个搭他顺风车的意思。雁栖湖从城里过去，有接近六十公里的路途。进入昌平界，高速公路两侧的风景变得疏阔而恍惚，远处有山，近处是稀稀拉拉的林子，阳光斜射在那些树枝上，阳光欠它们一些什么。

一路上，她的丈夫始终沉默不语，我也不说话，言多必失是一回事，有时候任何话也抚慰不了一个人的哀伤。

"天气冷了。"他终于说。

"是。"

"她要是不死，我们也快要离了，不过现在说这个没什么用。"

"为什么要离？"

"名存实亡的婚姻，你觉得有意思吗？"他冷笑。

"但外人看不出来。"

"外人也许看不出来，你不一样，你应该看得出来。"他转头看了我一眼，眼神跟鹰一样犀利。

"也许所有的婚姻，到头来都一样。"我说，"我明白。"

"女人永远不知道她们要什么。"

"是的。"

"我们想要的，她们又给不了。"

"没错。"

车拐入一条便道，向右拐，我得记住来时路，因为回头要走时，我没准儿得自己步行出来，让他送我出来有点过分。你跟他待上一整年都未必知道他心里在想什么。何况是我和他，两个男人，两具硬邦邦的身体各自杵在那里。

车进入高高的堤坝，一条窄路，仅容两辆车相向而行，边上的护栏大概只有三十厘米高，跟没有一样，底下是至少三十米到四十米深的湖，湖水幽深而平静，比起我第一次见到的雁栖湖，颜色似乎深了一些。他开车的速度不慢，油门踩得稳定而迅速，即便是加速和停下，也让你觉得不突兀，跟他这个人一个节奏，不突兀，无惊喜。

"你跟我老婆，上过床？"他冷不丁问我。

"哦，没有，怎么可能？"

"差点儿？"

"差太多了，她是我的客户，我一般不跟客户睡觉，除非万不得已。"

"看得出来，你是个搞技术的。"

"差不多吧，技术总是枯燥无味，跟人打交道也好不到哪里去。"

"如果我说，她走了，我松了好大一口气，你会觉得我没人性吗？"

"多少有点难过，别人听了。"

"是啊,她不算坏人。"

他把车停在路桥当中凸出去的地段,那是供游客下车看湖景拍照的临时停车带。我们都下了车,一起走向她出事的地点,离停车带大概只有五十米,那里的矮小护栏没有撞坏,她的车要飞车而过才能落到湖里,得配合相当疯狂的速度。我站在护栏边上往湖里看,如此幽深柔软的水,让人有纵身跃下的想法,特别是在月圆之夜,四下里寂然无声。我们一起站在那里探看湖面,他不说话,垂着头好像在默哀,或者打了个小盹儿。

"车呢?"我问他。

"哦,在修理厂,没准儿能修好。"

"能修好吗?"

"不知道,修好了我也不想要了。"

我们只是在那里看了看,我跟他要了汽车修理厂的电话,当天我累得要死,腰酸背疼,而汽车修理厂远在顺义,如果不尽快去,那车可能被工人修得看不出形了,证据尽毁。我只好走回到雁栖湖旅游区的大门附近,找了一辆黑车,让司机送我到顺义。

那辆从淤泥里吊出来的小车,发动机已经毁了,在水里泡的。里边非常脏,感觉有无数人在里面踩过,上过厕所,闻得到一股尿的味道。这辆车甚至上过发动机涉水险,因为北京数次暴雨淹城,不少人都上了这个险种。我在车里的驾驶座上坐了很久,当晚她坐在这里,竟不知死之将至。

一整天我都闷闷不乐,晚上自己喝了一大杯酒,没有吃饭。光喝酒,酒精摩擦着胃的内壁,咣当咣当咣当,温热的体液上升到喉咙口。我倒在地上睡着了,半夜听到屋里有一声鸟叫,也许是两声,啾,啾。我从睡梦中睁开眼,看到一只巨大的黑色的鸟，品种不详，羽毛闪着暗暗的光。它站在窗台上，嘴向内钩，目光犀利，令人熟悉的犀利。在半梦半醒当中，只见那鸟猛然飞起，翅膀尖儿碰到窗帘，露出细细的绒毛，绒毛底下翻出更细的绒毛。它扇动翅膀，低速地、滑行般地越过台灯和床，从我身上飞过。

而后穿墙而去。

我醒来后打算去她的小服装店看一看，这是目前为止，我唯一没有去过的地方。事先打听好具体地点，是她老公提供的，他还给了我店长的联络方式，那女孩叫青云，跟那位香港演员同名，但不姓刘，姓邝。

怎么形容那个女孩的长相呢？她没有多漂亮，只是腿特别长，腰线很高，胳膊圆润，我看到她的第一眼，就想跟她上床。我心神不宁地盯着她的脖子看，又看了会儿她露出来的胳膊，这么冷的天，她开了空调的热风，风呼呼吹着。

"这店，还继续开？"我问她。

她正低头收拾衣服，把衣服上的线头剪掉，心不在焉地回答："对啊。"

很快她抬头看我，看得我心里一震："你问这话什么意思？"

"我是店主的朋友，听说她出车祸了不是，怎么店还继续开？"

"地球离了谁都得照转。"她又低下头继续收拾那该死的线头，"你是她的朋友，特地来看这店是不是继续开？"

"只是无意中路过，只是奇怪。"

"她没跟我说要把店关了。"

"她不是故意不说，是来不及说，我猜。"

她又抬头看了我一眼，我敢保证要是她再看我第三眼，我就一定一把把她推到换衣服的帘子后面。

我浑身发烫,说话也有些卡壳。

"既然来了,顺道给女朋友带件衣服呗。"她说。

我不由自主地走到衣服架子边,开始挑起来,估摸着小白喜欢的款式,不带亮片的,不带羽毛和流苏的,没有太多褶皱的,她喜欢干练的职业装。

"生意好吗?最近。"

"还好,换季清仓,打折,你看的这架,打五折,很合算的。"

我一边看衣服,一边偷偷看她,她侧面的曲线毕露,屁股很翘,腰没有多细,肉肉的,大腿太迷人了。我奇怪那个女人怎么会招这么个店长,不怕出事?

"你跟她,是亲戚?表妹什么的?"

"怎么会?都不是一个省的,我安徽人,她河北人。"

"她是河北的?我还以为是北京人。"

"口音学得太像了吧。"

"不需要那么像,不知不觉那么像的,估计是。"

"是没必要,我来应聘的时候,以为她是北京人,还怕她欺负我,本地人欺负外地人,很常见的情况。"

"她欺负你了吗,后来?"

"老板嘛,说话不好听是正常的。"

"以后谁是你的老板?她老公?"

"这店,我盘下了,都谈好了。"

"哦。"

我给小白买了件紧身连衣裙,厚毛呢的,深灰色。付了钱,接过她找的零钱时,我顺带捏了一下她的手,她没有反抗。店里没有其他人,这么待下去,我非做点疯狂的事不可。我提着袋子走了出来。想了想，又到马路对面，那里有个小卖部，我的本意是买烟，软壳云烟，一如既往，一次买两包，一包现场拆封，一包揣在怀里留着晚上夜深人静的时候抽。我回想着刚才的情景，讨厌自己没有行动力，应该管她要个电话，于公于私，都说得过去。

"把你的手机号给我。"我回到店里，跟她说。

"你要找我，到这里不就行了？"

"不行，我另外找个时间约你出来。"

"你刚才买给女朋友的衣服，又是怎么回事？"

"我找你，是想谈谈你老板，别误会。"

接下来的两三天，我给她发短信打电话，她不是不回不接，就是迟迟才答复，总是说店里忙，周末生意不错，来了很多老客户，要一一打发，女人试起衣服来总是没完没了。我们终于打算在第三天的深夜，等她关了店门后，在店里碰头。其实我上次就和她谈完了也未尝不可，但我的雇主已经死了，新雇主还没出现，我不妨慢慢办，拉长了办，从藕里拨出丝一样办。

敲开她的店门，这个店，说实话，非常小，大概只有十五平方米，柜台里面有个迷你洗手池，用一块古时候的小石臼做成的，洗手池上放着以前的那种肥皂，镜子大概只有二十厘米见方。然后是柜台，然后是柜台上方的纸灯，三盏，不同颜色的，我记得是墨绿、深紫和姜黄。我第一次来的时候，完全被她吸引住了，没能看到其他东西，在这种情况下，我还挑了一件衣服。小巧、旧木头做的柜台对面有个双人沙发，柜台另一侧才是供顾客换衣服用的布帘子，圆形的小空间，里面放了一张老式高板凳。

很奇怪，她上班穿得很少，临近下班，反倒换上了一件藏青色厚袍子模样的衣服，把自己裹得严严实实。一时间，那些乳沟、腰线等不可理喻的线条都消失了，我突然觉得有些索然无味，坐在沙发上，不知道哪种姿势好。

她坐到我对面的地上，地上有两只和尚打坐用的蒲团，底下还铺了棉线地毯。说实话，这店里情调足够，如果再喝点酒就可以开工了，孤男寡女坐在这里，除了做那件事我想不出别的相处方式。我示意她坐过来，坐到沙发上，她很自然地坐了过来。

我拉住她的手，从那里进入袖子，袖子很宽松，我从里面可以一直伸到她身上的任何部位。过了一会儿，她出汗了，自己把袍子脱了下来，我意识到她没有化妆，脸上干净素淡，袍子底下甚至没有内衣和内裤，让我迅速而顺利地插入，这一切太顺利了，顺利得让人难以置信。

我们抽空聊了聊那个死去的女人。

"她坏透了，我讨厌她。也不能这么说，以前她对我还不错，真心还不错。"

"怎么个不错法？"

"以前，我是街上混的，你看看我后背就明白了。"

那是个巨大的刺青。一只斑斓大虎，外加牡丹。

"她把我从大街上领回这个店里，总觉得自己是圣母，一认识我就要帮我，送我去戒毒所，给我买东西吃，把自己穿不完的衣服给我穿。"

"这不好吗？"

"好吗？对一个吸毒上瘾的人来说，送她去戒毒就像要了她的命一样，我在戒毒所一遍遍地骂她祖宗十八代，骂她全家，祝她死得不明不白。"

"最后这个实现了。"

"是,我把所有的怨气都冲着她去了,那段时间真是生不如死,每天身体里像是有一亿只蚂蚁在爬,爬来爬去,却找不到出口,在皮肤底下爬,你知道那种感受吗?"

她斜靠在沙发上,拿衣服当被子盖,依旧撩人。

"大概可以想象,那你后来戒了?"

"是的,来来回回折腾很多次,戒了,她说她一定是上辈子欠了我什么,才那么想把我救出火坑。火坑?那是普通人觉得,我在里面舒服得很,一点都不想爬出来,就是被她活生生拖出来的。"

"我还是不懂,她到底为了什么?"

"她神神道道的,说上辈子我不是她女儿就是她妈,这两种角色都比她老公强,对吧?"

我不说话,女人对事物的理解,往往超过了我的理解力,最好保持沉默。

"然后她就让我在这里工作,当店长,我欠了她好大的人情啊,只好做个好人,天天上班看店。"

"听起来也没什么不好。"

"好吗?整天待在这里无聊死了,挣了钱又不是放进你口袋里。"

"待在这里,可以随意跟人睡一觉,也算有点好。"

"因为我喜欢大叔。"她笑了起来,笑声不小,打碎了一只玻璃瓶那么响。

"可是你应该有男朋友吧。"

"算是吧。"

"算是?不正式。"

"说不清楚。"她不愿意说了,起身穿好衣服,我提议送她回家,太晚了一个人走不合适,她坚决不同意。

"一个人走走夜路有什么不好的?"

我目送她玲珑的身体微微前倾,在夜色中飞速前行,穿过马路,向右转,像一只永不言败的漂亮的母螳螂。

我回到家,洗了个忽冷忽热的澡,快极了。热水器坏了很多次,每一次的原因都不一样,国产老海尔,房东买它的时候,香港恐怕还没回归。我一边洗一边冒冷汗,就在后脖根处。

次日我四肢无力,午后发起了低烧,小白在晚饭前打来电话,问我吃饭了没有,我回答说自己一整天都没吃饭,没有胃口。她觉察到哪里不对头,下班后就赶了过来,坐在我床前,给我端水、量体温,还特地跑出去买了药。

"这病真蹊跷。"我说。

"你最近太累了,为了一个死人。"

"也许吧。"

"你太为她着迷了,真奇怪。"

"着迷?我连她长什么样儿都记不太清了现在。"

小白突然把脸凑到我跟前,她的瞳孔颜色发灰,就那么深深地看着我。

"你说,我跟你,我们是什么关系?"

"你希望是什么关系,就是什么关系。"

"不知道,我希望至少能超过一年,把各种节日过一遍。"她说的是过一遍,而不是两遍三遍五十遍,这种悲观主义贯穿她的生活,她给自己上了商业保险,纯属多此一举。

"当你老是这么想的时候,多半只能过一遍了。"

我摸摸她的头发,与此同时,那位落在湖中死去的人的脸——浮现在我眼前,那么清晰,连鼻子上的毛孔都清晰可辨。

病一好我就去见了一个必须要见的人——她生前的男朋友。他坐在白沙发里,摸着沙发扶手,那沙发干净极了,这人一定有洁癖。

"你来干吗?她已经死了,而且,跟我一点关系都没有。"

"嗯,我想知道一些别的情况,正好今天来这一带转转。"

"你肯定是特地来的,无事不登三宝殿。"

"真的,没事我就喜欢到处转转。"

"上次你来的时候我已经都说清楚了,我跟她,不过是她的婚外情,我自己也已经有女朋友了。"

"女朋友?巧了,正好是她服装店的店长。"

"扯吧你就。"

我拿出一沓照片,是从上次他家偷拍的全景视频里面截出来的。

"你喜欢女用香水?"我指着其中一张卫生间的照片问他,盥洗台上有瓶原宿娃娃香水,娃娃造型非常醒目。

"你这个浑蛋!谁他妈让你拍的。"他把照片抢过去。

"我特地买到了这瓶香水来闻一闻,音乐小恶魔限量女士苹果味香水,这种苹果味儿太特别了,北斗,Hokuto,日本本土栽培的,巧的是,服装店的那位店长,身上就有这种味道。"

"变态。"

"是,有点儿,但不过分。"

"你到底想干吗?"

"我只想知道先后关系,你和她先好上,还是跟这个音乐小恶魔。"

"当然是她。"

"何以见得？"

"跟哪个女人先上床，能有什么证据？你可以拿我的床单回去好好检查一下，但我每个月换一次床单。"

"我不需要床单，我只需要手机通讯记录。"

"你妈的。"他小声骂道。

"还有你的过去，你从哪里来的，做过些什么，以及现在想做什么，我去过你老家，河北沧州。"

"真闲。"

"收获不小，天成药业有你这样的员工，真是了不起。"

"英雄不论出厂日期。"

"你和这位店长，是老乡，你们一起来的北京，是不是以男女朋友的身份，就不好说了。但你身份证上是秦皇岛人。"

"本来就是。"

"不重要，重要的是，你们似乎合伙想从她那里得到些什么，你看。"我从兜里拿出几张网银的电子对账单打印件，"她给你转过不止一次钱，几万几万地转，最多的一次二十八万。"

"我没有逼迫她，她自愿的。"

"女人嘛，谈了恋爱，什么都可以。"

"但我们没打算弄死她，留着她当提款机不好吗？"

"是啊，没必要，只是吓吓她，三天两头的。"

"我也想知道她到底是怎么死的，比你还想知道。"他说这句话的时候，鼻子收缩，瞳孔蒙上了一层雾。

我告辞出门，这次没有录音或者录视频，那层雾告诉了我，他没有撒谎。

我去稻香村买了一包奶油松子，这是为爱吃坚果的小白买的，还要了一件点心，有各种花色，是我自己的早餐，配速溶咖啡正合适。我主动给她打电话求和，我们怄了三天气，彼此没有联系，但我每天临睡前都很想给她打个电话，听电话那头传来一声："喂——"

"喂——"接电话的是个男人，"哪位？"

我挂了电话。

第二天，我把电脑桌面清理了一遍，我有把随便什么东西都存放在电脑桌面上的坏毛病，过一阵子，桌面上就摆满了各种文件和图片，密密麻麻的，像乱葬岗的坟头，所以清理电脑桌面又被我称为"扫墓"。扫完墓，清理过期文件，木马查杀，系统修复，优化加速，这些一个人可以完成的事，做起来真是顺风顺水。

失恋这件事占了我两天的注意力，我在屋里用漫步者音箱放了整整两天"黑色安息日"的音乐，有时候坐在马桶上用Kindle读会儿电子书。加缪的《第一个人》，收在他的文集里，他临死前写的作品，一百四十四页的手稿，据说手稿凌乱不堪，字迹潦草，连标点符号都没有，一个即将死去的人，他的内心一定充满了慌乱、绝望和莫名其妙的紧迫感。

第三天，我出门了，坐公交车回到了雁栖湖。通往雁栖湖的路口被一大堆机械工程车挡住了，正在修路，我很有耐心地等一辆大卡车倒车，那个指挥倒车的年轻工人镇定万分。这简直是在让一只恐龙穿过两座冰山的夹缝，我盯着他的眼睛看了好半天。

大卡车安全倒到大路上，我穿过跟在后面的小车车流，走了大概二十分钟，到了堤坝上，她死去的地方。时逢初春，雁栖湖边的桃花梨花杏花集体开放，我站在高高的堤岸上抽烟，背着手沿着湖边散步，像一个无所事事的老干部。在河堤的右手边,是中国法官学院,数座高大的仿欧式建筑,前廊像是拉斐尔的"雅典学院"的简化版。门前站着个垂头丧气的保安,里面看不到法官,也看不到人活动的迹象。

我最终坐在堤坝上发呆,看着湖中岛,那上面芳草萋萋,侧边的另一块半岛上有几个正在钓鱼的人。一对情侣从那边走过来,女孩早早穿上莫代尔低胸T恤、卷边牛仔短裤和黑色松糕鞋,粘着超级长的假睫毛,她的男朋友看起来文弱而瘦小。他们慢慢爬上来,跨过半米高的堤坝,坐上停在道边的宝马X300走了。

两个年轻人爬这个堤坝尚且如此费劲,她为何能飞车而过,落到湖中?

晒够了太阳,我继续沿着湖边路前行,左手边是金雁酒店,整个酒店的造型非常怪异,是个立着的巨大的蛋,玻璃幕墙外壳映出湖光山色和几辆已经变形了的轿车。继续往前走,步行大概二十分钟,就能到达我去过的那个别墅区,她的家,生前的。

那里只有不到二十套房子,在湖岸一侧排开。第二排,右起第三家,门前有一高一矮两棵雪松,我到门前按门铃,双开的防盗门,过了一会儿,有人来应门。一个身高至少一米七,身量修长、眉目精致的年轻女人,穿着藕荷色家居服。

"找谁?"

"嗯……秦行长。"

"老公,老公!有人找你。"她冲屋里喊,"等会儿,他今天没去上班,你是他同事?"

"是的,行里有点急事要找他。"

她开了门,请我进去。比起我第一次去,这个屋子的风格大变,摆满了各种植物,不知道从哪里弄来的奇奇怪怪的热带亚热带植物,跟温室一样。屋里很热,两台立式空调呼呼地吹着暖风。客厅里满是植物,沙发的空间被挤压得很小,深棕色真皮沙发,用得有点儿旧了,这倒是以前就有了。他从两棵密密的鹅掌楸中间走出来,也是一身家居服,比之前略微胖了一点儿。

见到我,当然脸色不好看。

"你上楼去,我跟他谈点事儿。"他跟那女人说,我看了她腹部一眼,相比她苗条的身材,那里不算瘦了。

我坐在单人沙发上,他坐在三人沙发的远端,忍不住打了个哈欠。

生活教会我不再对他人满怀期待,且将自己视若旁人。看着这房子里的诸多变化,我在想该从何问起。

"说吧,找我干吗?"他先发制人。

"说不清楚,好像也没必要说清楚了。"

"那就好,你又不是傻子。"

"你是怎么做到让一辆车先是刹车失灵,之后方向盘失灵,然后凌空飞入湖中的?技术上的问题我不太懂,想请教你。"

"信不信?一个人的命怎么样,都是他自己决定的。"

"那天晚上,你给她打了通电话,让她回家,要跟她好好谈一谈。"

"跟你蹲在跟前似的。"

"除非你觉得任何东西都留不下痕迹。"

"你想怎么样?把我交给警察?"

"我没那么闲,我又不是警察的手下。"

"你是她的手下。"

"是啊,客户至上,对我们来说。"
"你的客户死了。"
"连一儿半女都没留下。"
"你这么穷追不舍,又是为了什么?"
"我不知道,我也很想知道。"
他冷笑了一下。
"反正世上有个人知道她到底是怎么死的,就够了。"
　　说完,我向他道别,我们还握了握手,他的新任妻子在楼上大声地呕吐,孕妇闹出的动静总是大于常人,当然,我非常理解。

2014 年 4 月 27 日

说不定的罪人

"我杀了个人。"他站在我家门口,身体僵直,也不肯进来。我正打算做些泡菜,正在切圆白菜和胡萝卜,但没有拿着菜刀去开门。

自从住到这个城中村,常有奇怪的人造访:航拍工作者委托我寻找从空中坠落的昂贵器材,茫茫地面,当然找不到;一个准新娘红着眼睛来找我,说婚礼前夜,未婚夫突然失踪,手机关机,她请求我帮她找到他,我能做的只是打辆车送她回家;两辆车追尾,其中一辆车的后备厢里有支猎枪,拥有猎枪的车主不想让交警插手,想私了,对方不同意,居然也闹到我这里来了。这个冬天,我只想安生在家待着,做点泡菜,读一读加缪的剧本,比如《正义者》。我什么活儿都不想接,直到他站在我家门口,至少半个小时一动不动,像一块风化已久、破败不堪的船木。

"进来,外边太冷。"

"不用了。"

"今天风特别大,你杀了个什么人,怎么杀的,总不能站在门口就说清楚的吧?"

"可以的。"他在发抖,纯粹因为气温只有一摄氏度。

我只好回屋搬了把椅子给他,还用家里唯一的搪瓷牙缸倒了一杯热开水,放到他手里。这个牙缸平时用来喝酒,热水倒进去,酒气升腾。

"我杀了个人,不想弄脏你家,就在这里说吧。"

"一时半会儿说不完的话，我回去加件衣服。"

一分钟后，我穿着军大衣出来了，戴着皮手套，厚厚的棉鞋，也搬了把凳子，天气太冷，门口连只过路的野狗都没有。这时天已经快要黑了，他脸上闪着不确定的光，一张略微浮肿、毛发稀疏的脸，刚刚杀完人不到几个小时的人，会有一些异常的现象在他们身上浮现，每个人呈现的状态都不一样，不能一概而论。

"怎么会想来找我？"

"我知道你很久了，你有个网站。"

我有一个不常登录的网站，本意是为了增加生意，客户或许可以通过它找到我，上面的广告词只有三行："代为调查，擅长刑事案，先付定金"。

从这个所谓的网站找来的客户从头到尾为零，我也渐渐懒得再去打理它。

网站的另一个用处是我的日记本，偶尔发一点儿人生感慨，发一张晚饭吃了什么的图片。

"有一天深夜，你发了一条以'杀人后如何毁尸灭迹'为主题的小文章，但很快删除了。"他说。

"一定是喝多了。"

"还有一次，你分享了自己家的位置，不到十秒钟就删了，我手快，存了下来。"

"靠，不知道点错了什么。"

"所以我知道你住在哪里。"

"厉害。"

"从那篇小文章看，我知道你一定是圈内人。"

"哪个圈？"

"一定要说得清清楚楚明明白白，那就没意思了。"

"你觉得我也杀过人？"

"我觉不觉得不重要。"

"那种东西网上到处都是，只要你会搜。"

"这也并不重要了吧。"他决意说我杀过人，那就认了吧，又不是什么值得害羞的事。

我把军大衣最上面的那枚铜扣子扣上，风刮着脸颊，这些寒酸的皮肉是冷风的可口晚餐。这种时候搓一搓耳朵会显得我若有所思，我想的是，刚才切好的胡萝卜条如果不展开、晾干，明天就来不及下到泡菜汁中了，那一小撮花椒、两个八角、一块桂皮、几片香叶、一块冰糖和若干片老姜就白费了。

"你是我的老师。"

"你用我写的方法将对方毁尸灭迹了？"

"没有，我发明了新方法。"

"你既然开始杀人，就不会只杀一个，会收不住手的。"

"我相信，但杀了第一个后，心情很复杂。我是走来你家的，走了一个多小时。"

我估量了一下他的身高、体重、骨骼的结实程度和动作的敏捷度，他的步速应该在六公里一个小时，他从七八公里外走来。我家门外东侧正在挖一个埋天然气管道的坑，今天正刮正东方向的风，他背上全是灰，前身却比较干净，可以推测他应该是从东边来。

我没跟他说我的这些推测，好像也并不重要，我不会去报警。

"找我干吗？"

"我特地来谢谢你，让我有勇气迈出这一步，亲手杀个人的念头在我脑子里盘旋已久，每天都会想起若干次。不止若干次，简直是无时无刻,这念头缠着我。我相信你不会去报案,你看起来不是那种人。"

"公安局又没给我发工资。"

有一段时间,我口袋里不剩分文,每天都要去家附近的ATM机查看有没有新到的钱,总是没有。无奈之下,在赶集网贴了个求职启事,想找份调查类的工作,我特别说明自己擅长刑事调查,很快站方删除了我的信息。那个网站还有通州殡仪馆贴出来的尸体火化员的招聘启事,优选阳气重的,最好杀人越货坐过牢的人,月薪一万起,年终奖三万到十万。我打电话过去应聘,对方问了我若干个问题,第一个是能不能搬得动二百五十公斤重的东西,一个人,因为有些客户就有这么重,加班加点的时候,压根没有其他人可以帮忙。

我说可以的,那有什么问题?我在屠宰场打过零工,那里的猪大部分比这种客户重。这个问题通过了。那个面试官又问,能不能接受没有五险一金,只是合同工,一年一签,但是有交通补助、通讯补助和餐补,我说,没问题。最后一个问题是我坐过牢没有,我说没有,对方将电话重重地挂断,跟被骗了一样,真是讨厌。

我总是被拒,这个世界就跟一堵高墙一样横在我跟前,时间长了,也就习惯了。

这时候风突然停止,非常细小的雪花落下,落在我们的头发上,让头发慢慢呈现出轮廓,头发没有感知温度的能力,但头皮有。我看清楚了他的发型,脸型,他长着一张让人记不住的脸,脸上既无伤疤也无凹槽,眼窝是眼窝,牙床是牙床,颧骨不高不低。

倒给他的水他三口两口就喝光了,我也没给他继续倒,两个大老爷们儿在这样的坏天气里面对面坐着，既生硬又无聊。

"说说这件事的经过吧。"

"不急，有烟没有？"

我回屋拿了包红壳云烟和打火机，还戴上了狐狸腿毛拼接的帽子，有一年去黑河，在零下三十八摄氏度的边贸市场买的。进屋的时候，我总觉得他会借着这个机会走了，故意磨磨蹭蹭，东翻西翻，没想到出来后他还在。看来风再大，一时半会儿也刮不走他。

"我杀的那人叫米高，是我对面的邻居，做邻居七八年了，前后脚搬到这个小区。有一天我开门要去上班，突然发现斜对面的门也开着，门口新摆了个大鞋柜，鞋太多了，柜子门都关不拢，有男人的皮鞋，也有女人的靴子，还有童鞋。我知道我有个三口之家的邻居，他的儿子跟我女儿年龄相仿，老婆们会在一起交流育儿经验，但我们没有聊过天，两家人碰到，互相客套的肯定是女人。"

"你干吗要杀他？"

"我得从头说，你才能搞清楚，一定不是常见的原因促使我这么做，我跟他又没有深仇大恨，平白无故杀了他，有什么必要？"

"好吧。"

"我第一次见到他，两个人只是在一起抽烟，聊了聊各自买房子的经历。他是收到了群发的短信过来看房，我呢，因为孩子上学，这里是学区房，贵一点，挨挨宰，也就算了。然后聊一聊小区的物业，发了几句牢骚，就这样，他给我递烟的时候，我发现他的手腕上有伤。"

"什么样的伤口？"

"刀片割的。他是个悲观厌世的人,想过自杀,也实施过,到底是什么原因,我没有问过。他每次从软壳的烟盒里抽出来两根烟,一根夹在耳朵后面,另外一根抽,我们一起时分别抽了至少四五根烟。"

"一个人在什么情况下,会数自己跟另一个人在一起时各自抽了多少根烟?"

"你觉得呢?"

"我不知道,你知道。"

"我只知道我不想回家,但又没地方可去。"

"他也一样?"

"我不知道,也没问过,只要能不回家,在垃圾桶边站会儿都行。"

"你们常常在那里碰头?"

"差不多每天,固定时候,晚饭后那个点儿,差不多每次都能碰到他,像是约好了一样。"

"都聊些什么?"

"球赛,股票,汽车,老三样。"

"明白。"

"围着个垃圾桶站半个多小时,抽烟。"

"性取向有问题。"

"屁话!我是个纯爷们儿。"

这个情况对我来说挺新鲜的,我不无怀疑地看着他,夜色中的风速转为缓和,我们干吗不在屋里暖暖和和地喝上一杯,促膝长谈?他一定是个脑子有毛病的怪物,得放在灯光略微明亮一些的地方才能将他看清楚。

"我只是发现我常常不由自主地盯着他脖子两侧的大动脉

看,那种皮下的轻微起伏和跳动,可以想象浓稠的血液在里面流动,像一大群肉眼看不见的鱼游过水流湍急的小河谷。"

"听你说这段话就怪瘆人的。"

"瘆人?你一定不知道大动脉如何分布,大动脉的分布是有讲究的。"

"你说。"

"说起来,人跟一片树叶也差不多,你看,心脏在这里,它像一个泵。"

他伸出右手,指向我的心脏处,离胸口只有五厘米,即便隔着厚厚的衣服,我也能够感觉到他指尖的存在,特别的凉,像匕首尖锐的部分,指到哪儿,哪儿就凉飕飕的。

"心脏这个泵,每一次搏动,送出八十毫升的血,也就是半杯咖啡那么多吧,但是呢,一分钟跳动约莫七十次,一天送出的血液大概有八千升,这就等于四十桶汽油。这些血要是汽油,平铺在地上点燃了,半个朝阳区都会熊熊燃烧,你想象一下那种状况,那就跟地狱之火差不多,整个天空都是红的,热气能够上升到两公里之上的大气层。"

这么想问题的人,不出点异乎寻常的事反倒不正常。

"这里两根是颈动脉,它向大脑供血,你看,在下颚角上分出一部分变成面动脉,给脸供血,另外一支经过太阳穴走向大脑。"

解说时,他的指头从我的下颚角划过,一个斜角经过整个面颊,抵达内眼角,在那里稍事停留,几乎要触及皮肤,这让我的眼角又痒又痛,泪水迅速分泌,几乎要夺眶而出。

"如果我在他的脖子这儿划一刀,什么感觉?"

"肯定出血无数。"

他凑过来,盯住我的脖颈处,在夜里什么也看不清楚,但他的眼睛装了红外探测仪,一览无余。

"颈动脉离心脏不远,你看,最多二十厘米,血刚从心脏流出来的时候,速度是每秒五十厘米,一秒钟它就走半米,半秒不到就到达颈动脉。"

"你妈的,听你这么说话,我呼吸都困难。"

他保持平缓的语速,继续分析动脉与心脏之间的关系。

"一个人体内有多少血呢?其实跟体重有个相对固定的比例关系,大概是百分之八。我目测你的体重大概是七十公斤,一个七十公斤重的人,按着这个比例,大概有五点六升的血在体内循环,去掉你所有的血,也就少了五六斤的体重而已,一个人减个五六斤肥,一个礼拜就可以办到。"

"这不是一回事。"

他根本不理睬我在说什么,只是咧了咧嘴,一排不算太整齐的牙齿上泛着暗暗的釉光。这种神情似曾相识,多数无所事事的人,在做完一件自以为还挺满意的事情后,就会露出这种笑,即便周围一个人也没有,他也会这么做,好像上帝从镀了金的云层里伸出一只手来,给他发了一块奶糖。

"要不,我们去散散步吧?"我探头看了看周边,门前的路上一个人也没有,空荡荡的。几根残存的、衰败的草,在暗淡的地平线上飘荡。

"也行吧,一边走一边聊。"

哐当带上门,我们走在去往河对岸小树林的桥上,桥体是水泥结构,已经被来往的大卡车轧得微微下陷,上面落满了砂石,鞋子踩在上面,发出一种让人听了很不舒服的声音。他毫不犹豫地踩在这样的砂石上,发出这样的声音,他在自己坚信不疑的东西里面陷得特别深，像一只执着的、内里有烈火熊熊燃烧的金属蚂蚁。

"然后呢？"我问。

"我们渐渐熟了，我问他，手腕上那个疤是怎么回事，他说是电炉丝烧的，那种像泥火炉的电炉，以前用来热饭热菜的早期微波炉，不是割腕。"

"什么缘故？"

"想死，但下不去决心，二十出头上大学的时候。后来跟他更熟了，他说他身上这样的疤林林总总的有七八处，之后不再用电炉丝了，用卡片式瑞士军刀上带的小刀，每一次都划在动脉附近，特别是大腿两边内侧，有时割得很浅，出点血就停住了，有时割得深。"

"这些伤疤，他都让你看过？"

"后来才看到的，我杀他的时候。"

"有那么多伤口？"

"确实，新的旧的，层层叠加，是很多。他对于割自己的动脉很熟，简直是个割动脉专家，但又没有真的下狠手，总是差那么一点点。"

"你知道日本作家芥川龙之介吗？"我打断他的话。

"不知道。"

"他说过：一个人的心理状态若是百分之九十九的道德加上百分之一的不道德，可能是处于不定时炸弹般的危险状况；若其心理状态是百分之七十的道德加上百分之三十的不道德，可算是一般社会民众作为无害的标准。比起百分之三十不道德的人，那些百分之一不道德的人，更加贴近犯罪的边缘。"

"你怎么能把一个人说的什么什么话，记得那么清楚？"

"职业病。"

"什么职业能犯这种病？"

"一年也接不了一两单生意，大部分时间无所事事地待在家里，看了一大堆乱七八糟、屁用没有的书。"

"我讨厌看书。"

"正常，能干点别的，人也不用看书。"

"书看多了，会让人变得犹犹豫豫，办事拖泥带水。"他这么说。

不知不觉，我们走到了沙砾小路的尽头，那是一片林间空地，六环依旧在两三百米外，离得近，车灯反倒照不到。这片空地就在六环高架的阴影之下，车轮碾过高架的声音既远又近，而这片空地本应有异乎寻常的寂静。

"我对他越了解，越觉得他只缺一死，最后来一下。我们在一起越来越不聊别的，只聊怎么死，有好几次，我感觉他看我的眼神仿佛在说：帮帮我，杀了我吧，给我最后来一下。"

"他没有说出来，是你猜的。"

"跟一个人聊天能只听他怎么说吗？一个人想说的话，从来都分为已经说出来的和说不出口但比说出口还要命的。"

"也对。"

"我听得到米高说不出口的那些话，这是我的特异功能。"

我的脑海中浮现出在夕阳西下的破窗户边，两个男人站在垃圾桶边抽烟的情景，烟雾缭绕，让他们看不清彼此的脸，脖子以上的部位笼罩在烟雾之中，其中一个身上的外套、卫衣和保暖内衣层层叠叠。

"有一天，从内蒙古来了个朋友，他带来了一头羊，一整头，分解好装在纸箱里，我老婆说一下子吃不完，冰箱里也放不下,让我送一卷羊肉给对过邻居,她知道我们相约抽烟,可能是聊得不错的朋友,然后我就给拿过去了。"

"那是你第一次到他家?"

"没错。敲门,他老婆开的门,米高在屋里跟孩子玩儿,两人都很客气,他也很客气,我手里拿着透明塑料袋卷着的羊肉,血水从厚厚一层塑料袋里渗出来,冰冻的血水。他接过那卷羊肉,眼神里又带着这样的信号:帮帮我,杀了我吧。就像一只瘦弱的羊发出的信号,特别是他手里还拿着那么一卷渗着血水的羊肉。"

"帮帮他,杀了他,你是怎么读出这层意思的?"

"是,我准确无误地收到了他的这个信号,我会解读一个人的眼神透露出来的心声。"

林间空地上的光像个贼一样走了过去,走得时快时慢。他说话的时候,面对着六环,六环上的灰落到他的头顶上,他紧紧裹着藏蓝色老式羽绒服的帽子,脖子底下还有三颗扣子。一个魁梧而略显圆乎的背影。四周寂静无边,地上干枯的草匍匐着,秋天落下的叶子混在里面,在这种近乎无色无味的寂静中,风声变得刺耳,像生锈的铁器刮过白瓷一样。

"第二天,我们在垃圾桶前碰头,没有再聊杂七杂八的事,我递给他一张纸条,上面有个地方,我让他准备好了就去,去之前告诉我一声。"

"什么地方?"

"我跟我老婆在燕郊买了一套房,毛坯房,要不是孩子在城里上学,我们不会搬到现在这里。毛坯房不好出租,又没有闲钱装修,一直空在那里。过了一个礼拜不到,他敲了敲我家的门,递给我一份报纸,报纸里也夹了个纸条,告诉我他准备好了,他去那里跟我会合,我随身带着切割用的菜刀和砍骨头用的砍刀。"

"就这么进入既定程序了。"

一只黑色的大尾巴鸟在黑暗中低低飞过,我感觉要是把它煮了吃,一定不用加盐。

"是的。在公交车上,我坐着,他紧挨着我站着,我什么也没带,跟老婆说去看牙。我有一颗牙陆陆续续疼了半年,也该去看看了。"

听着他的话,我的注意力还放在那只鸟上。它没有离开,站在离我们大概十米远的地方,保持着静止,比周围的夜色更黑,羽毛隐含着深蓝色黯淡的光。

"他就那么跟你一起坐车去赴死?"

"对,听起来连我自己都觉得不可思议。路上我们几乎一句话没说,也没什么可说的,他穿着厚厚的羽绒服,多兜裤,一双深褐色的添柏岚户外高帮鞋,我就觉得这双鞋回头扔了挺可惜的。"

"是,不便宜。"

"我得把此行的目的忘掉。公交车有暖气,坐的时间虽然久,但也不觉得太累。燕郊跟望京一样,是个睡城,白天去城里上班的人汹涌如潮,夜里才哗啦啦往回赶,上班时间去往燕郊的人几乎没有。我们都跟单位请了假,我的理由是看牙,名正言顺。我们都有家有口,不能等到周末,周二就不错。"

"周二不容易引人注意。"

"是。车子开到行宫大街时,他问我:'下车后,要不要先去吃点东西?'"

"午饭时间?"

"没错，吃顿饭合情合理，我们吃的是黄铭宇黄焖鸡米饭，即便是微辣的都很辣，幸好鸡肉上来的同时，饭也上来了。我们吃得直吐舌头，他要了个饭店自己做的绿豆汤，塑封在一次性的塑料杯子里的，我要了个雪梨汤。你看，每个人的身体都像是永不停息的流水席，一张脏兮兮的餐桌。"

"是的，即便是个行将死去的人也不例外。"

"我运气不错，找到了一个天造地设的搭档。那天他异常的平静，平时他总跟一只被夹到尾巴的小狼崽子一样，脸上总是透着一股子惊恐跟没着落。那种在冰天雪地里被夹到尾巴，没有吃的，也没人去救它的小狼崽子。就算有人救它，也是要置他于死地的猎人。"

"你就不是猎人？"

"恰恰相反，我是他最贴心的朋友，最懂得他内心的需要。只有最铁的朋友，才能帮他这么大的忙，冒着把自己的性命都搭进去的风险。"

"理解，然后呢？"

"吃完饭，他买的单，六十四块，付了现金，不刷卡，我注意到这个小破餐馆没有摄像头。买完单，他转过头来，跟我说了声'谢谢'。"

"这谢谢的。"

"从餐馆出来后，我就故意走在他前面，越走越快，逐渐拉开了一段距离，他也跟我心照不宣。我在福成五期买的房子，在燕郊的东边，边上是个巨大无比的热力厂，小区特别大，在楼群当中有无数的底商小店，我直接去底商小超市。他呢，直接去我的单元房里等我，我把钥匙事先交给他了。"

"你去买什么？"

"没什么要买的,那家小超市代收快递,一件一元,头天我有一件快递发到那里,去取一下。"

"哦。"

"你就一点儿不好奇我买了什么?"

"反正不会是一副棺材。"

即便是那么黑的夜里,我也能听到他不出声的冷笑,带动了气流微妙的震动,嗖——像细长硬实的叶片在冰水中划过。

"我一个人把快递扛上楼,进了电梯就方便多了,那东西死沉死沉,特别大,一米高,半米见方的大纸箱子,有十几二十公斤。在电梯里,有个推着儿童车的老太太跟我一起,她还问我这箱子装着啥,我说空气净化器,她说空气净化器好啊,现在雾霾这么严重,虽然是燕郊,也不轻。我说对的,朋友公司新研发的,据说净化效果不错。我盯着电梯墙面上的一张寻猫启事,一只光猪一样的无毛猫丢了,它长得像个白种老头,这种东西丢了就丢了,找它干吗?老太太还想跟我再聊点什么,但是她先到了,八楼,临走前,我喊住她,跟她对视了十秒钟。"

"对视?"

"让她忘掉刚才见过我。"

"哦,催眠。"

"算是吧,简单极了,我搬走纸箱,到我家的单元房敲门,门铃还没有装,他磨蹭了半天才过来开,我感觉他眼眶红红的。我们一起把箱子搬进去后,他问这是什么,我没告诉他,我觉得没有必要。"

"一切都准备就绪了。"

林子深处有另外一只黑色的鸟,盘旋在六环桥边,但呼啸而过的大货车将它吓走了,它忽然向远处冲刺,扎到一丛黑漆漆的灌木中。风吹得格外猛，我觉得该回家了，于是掉头往回走，过了好一会儿，身后传来脚步声，从脚步声判断，他的鞋码不是四三就是四四，体重约八十公斤。此时是十一月底，夜里九点，月光虽然不够明亮，但也让他在我身侧落下一道影子，他的身高在一米七五上下。

不管我听不听，他一直走在我身后右侧半米处，继续说，声音低沉，他过去是喜欢喝酒的，但戒了十年以上，略带山东蓬莱一带的口音，离开蓬莱至少二十年，掺杂了一点点湖南口音，在湖南待过数年，但近十年是在北京度过的，他发儿化音已经没有那么吃力。

我对蓬莱素无概念，但有一年心血来潮，跟前妻莫莉坐火车大年初一去看海边的日出。那是我们在一起的第二年，她站在礁石上尖叫，大笑，跟要跳海了一样，我必须反复将她按倒在石头上，才能够平息她的激动情绪，那是她此生第一次看到大海。后来她住到了日本海边的小县城，再也没什么稀奇的了，整天跟我抱怨潮气重，鱼腥味大，整天皮肤上黏糊糊臭烘烘的，我也懒得再把她按倒在任何一个地方了。

在回忆往事的同时，我也听到了他的话，两不耽误。

"进屋后，我们几乎没有交谈，我只请了半天假，下午四点之前得回到单位开会，一周之内，仅有这三四个小时的空闲，得抓紧时间。他走进卫生间，那里勉强装着个水龙头和马桶，还有一把破烂不堪的凳子，仅此而已，卧室和客厅的窗户都开着，屋里灰尘大极了。他怕脏，自己带了本杂志垫在椅子上，坐下。"

我屏住呼吸，不再问话，这时候我应该让他一口气说完。

"你想要特别快，还是慢一点儿？我问米高，他想了想说，你来决定。如果按照我的意愿，肯定是想要速战速决，看一个人慢悠悠但是痛苦地死去真是太烦人了。他从口袋里拿出一只黑色的坐飞机用的那种眼罩给自己戴上，然后将手反扣在后，两脚并紧，示意我捆上，我没有东西可以捆他，他冲自己裤兜的方向努努嘴，那里有根绳子露出来，是那种柔软的宽棉绳，系在皮肤上也不硌。我捆上他的双手还有脚踝，捆得特别紧，他跟我说：我的上衣内兜里还有个东西。我探到他怀里去取这个东西，隔着里面的卫衣，能感觉到他的心脏扑通扑通跳，这时候还是一颗强劲的心脏，一会儿就不好说了。

"那是个牙医用的口内支撑器，硅胶做的，略微有些粗糙，蓝色的，我将它塞在他的嘴里，让他咬住，这样他在整个过程中就叫喊不出声了。我记得自己拿出刀，划过他的颈部大动脉时抬头看了一眼卫生间窗外，那是一扇狭长的窗户，外边有一群鸟盘旋在一根高高的烟囱上，等我想起这是燕郊热力厂时，滚烫的血柱已经喷到了我的胳膊上。

"放血的过程中他蜷成一团，鼻孔张大，每块肌肉都抽紧了，我怀疑他小便失禁了，前裤裆上湿漉漉的一团。血液喷出的速度和力量超出了我的想象，他看起来是个瘦弱的男人，其实血量不小，我观察那汩汩而出的鲜血，它们喷溅到我身上，还有墙面和地上，所幸墙我事先贴上了加厚的塑料布。

"仅仅放血对他来说是不够的，他希望我切掉他的一些器官，在他还活着的时候，首先是睾丸和阴茎，我听从了他的意思。阉割一个男人，不管是精神上还是肉体上，都挺他妈恶心的，但我还是照办了，我们之间有口头合同，我享受放他血的快乐，他享受被我切割阳具的快乐，这就是交易。"

我龇了龇牙，不知该说些什么。

"你觉得潮白河,有涨潮跟落潮吗?"他突然问我。

"没听说过。"

"你去过石景山游乐园吗?"

"去过,很多年前。"

"记得里面有个摩天轮?"

"记得。"

"它就要退役了。"

我们已经走回了那座桥,桥下的水冻得结结实实,半明不清的月光照耀着那段即便冻成冰也脏得不能再脏的河,河里的垃圾跟干枯的水生植物混成一团。当中有一只冻死的藏獒,从它深褐而乱蓬蓬的长毛,都能认出它死状悲惨。

这只藏獒不是掉到河里溺亡的,而是被主人杀了,因为它脾气不好又爱吃肉,动不动咬人一口,再加上市面上价格从十几万跌到几百块。我白天跑步的时候发现了它,还打算明天找个当地农民来帮我把它弄出来,找个地方安葬,毕竟是只藏獒,应该给它个体面的葬礼。

我们并排走在桥上时,他又讲回那件事。

"整个过程我不知道有多久,时间被冷藏了,开始的时候我没有看手机,他那天压根就没带手机,手机放在家里,他确定我们没有任何交谈是在手机上发生的,一切都是面对面谈好,然后实施。他写好了遗嘱,将存款跟房子分给父母和老婆孩子,让他们不要找他,说他去了一个谁也找不到的地方,将自己好好地藏起来。这就像一宗失踪案,他甚至在脸上涂了无法让监控摄像头拍出清晰影像的无色荧光粉,视频上的脸将会呈现一片无法辨识的光点。"

"好聪明。"

"他计划了十年,十年,二十八岁到三十八岁,他找不到人帮他,他加入了几个QQ群,但都谈崩了,人家不乐意专门为此跑来北京,或者不乐意按着他的意思办,太难了,他说的。那些群,大部分是约炮,约炮可以,不能帮你杀了你自己。

"我按照我的意思放了他的血,按照他的意思割下了他的'老二',他的脉搏越跳越慢,大口倒腾了几口气后失去了意识,呼吸和心跳渐趋于无。我稍微帮他整理好头发,阖上眼睛,把嘴捂严,整个人放平在地上,解开绳索,洗干净手,然后去拆刚刚抬上来的大纸箱。"

"你要确保纸箱上不留下你的指纹。"

"你们这些傻蛋,就知道盯着指纹,毛发,虫卵,植物花粉,尘埃颗粒,这些东西早就过时了,这些东西有用吗?刑警都是些白痴,什么紫外线、红外线、显微镜,屁用没有。"

他突然情绪失控,我只好再度闭嘴。

"那纸箱里面装的是台分尸粉碎料理机,从切块到搅碎,全程自动,它能把尸体搅碎到纸浆那个程度,而且高度静音。我把整个卫生间都铺上了塑料布,我老婆有洁癖,担心房间进灰,买了很多塑料布,打算在冬天到来之前封好窗户。燕郊还是热力取暖,冬天屋里全是灰,就算不是热力取暖,那里也全是灰,谁知道灰是怎么进入屋里的。这套设备自带切割激光刀,我先是把他切成了七块,头,四肢,拦腰又是一刀,然后再细分,分割到足以扔入滚筒口。我大概是分成五次粉碎这些尸块的,滚筒口合上之后,你什么也看不到,我将排污管深入厕所下水孔,粉碎完毕的肉酱从那里咕咚咕咚下行。我的楼下两层都没有邻居,都是城里人投资后闲置的毛坯房,任何响声都不会引起任何人的注意。"

我无言以对，脑海中响起一阵又一阵的咕咚咕咚声。

"我将他的衣服也粉碎了，然后是所有的塑料布和用来冲洗塑料布的水管，这台机器的粉碎能力超过了我的想象，非常对得起它的价格。我将包装它的纸箱也粉碎并冲下厕所了，还有我手上的手套，拍拍手，一无所有。然后我按了它的自毁按钮，这个按钮按下之后，它自身开始消融，消融的过程非常简单直接而迅速，变成了一股浆液，连下水管和电源线都不例外。最后一道工序，只需将厕所冲洗干净，我关了灯，锁上门，独自一人离开单元房。"

"然后你就走路来找我？"我们已经走到了我家门口，我掏出钥匙，门口的路灯忽明忽暗，好像是逢单号亮到十点，双号在九点就关了，值班的人作息不一致。

我打开家门，走了进去，他站在门外，像梦的一部分，不单是五官，连身体都越来越模糊。我不能细看，也不想细看，只管关上门，连句再见也没有说。

2016 年 8 月 23 日

我是他的第几个女儿？

我到杭州那天，下着不大不小的雨，出租车从杭州东站直接开到高银街上的十三湾巷，这里离西湖只有一公里出头，是名副其实的老城区。她站在小区入口等我，细瘦的身材，上身穿着灰色字母厚卫衣，竟把卫衣塞到一条黑色天鹅绒百褶裙里，撑着一把小到不能再小的黄伞。见到我，笑了笑，她只要略微一笑，就很动人。

这是个年轻的女孩儿，脸颊上有颗淡褐色的痣，长的地方适中，不觉得突兀，但也不含蓄。她有亚热带的肤色，凸起的颧骨和凹陷的眼窝，眼睛灵动极了，且明亮，她这一身打扮，竟不能遮盖明亮的眼神。

我下了车，车是她喊的，也不用我付车费，这个年龄段的女孩儿，能够熟练地用 App 打车。

小区非常陈旧破败，所幸道边种满了桂花树，一走进去，就有令人意乱情迷的桂花香。雨水打落了部分花瓣，却不能阻碍花香的弥漫。

"您是以千计老师吗？"走了一会儿，她问。

"是啊。"雨后天气转冷，我双手空空，只好插在裤兜里。

"没带行李？"

我摇摇头："饿了，有吃的没有？"

"我们先到房间，我可以喊点外卖来吃。"

转了几下，这种老小区，楼间距极其窄小，一楼所有的单元，都被住户额外盖的小院的院墙围着，余下的地方停满了自行车、摩托车和小轿车。没有更多的空地，所幸留给桂花树的地方还是有的，我昨晚一夜未睡，噩梦连连，精神头差得就差口含一口烈酒。她没有再说什么，只是带路。

我们两个共用一把伞显然是不够的，所以她一个人继续撑着伞，我任由雨浇，树下的雨水略微稀少些。很快我们进了一个单元门，二楼，左手边第二个房间，新换的防盗门，房门上用的电子锁。她收起伞，伸出指头轻触面板，上面出现从"1"到"9"的荧光数字，她按了"787878"，外加一个"#"号，面板上出现一个小小的勾，表示密码正确，一扭把手，门开了。

屋里没有开灯，散发着一股清淡的柔顺剂香味，所有的东西都刚洗过，昨天或者前天，刚刚历经了艳阳天。这是个长条形的屋子，最远处通往阳台。第一个小空间就是洗漱台所在，非常小，左手边是卫生间，我们走进去，我把门关上，想了想，扭上了锁。

第二个小空间被做成卧室，床在房间一侧，床上铺得像酒店一样规整，一条线毯上放着叠好的浴巾和毛巾。再往里是主要的房间，有一张更大的双人床，一个没有腿的双人沙发，她请我坐到沙发上，然后拿起地上的浅灰色热水壶去烧水。

"您先喝杯茶，我马上喊外卖。"她小腿非常细，走起路来像在沼泽地边移动的幼年麋鹿，阅历清浅，未来死生未卜。

"你住这里？"我问。

"不，您住这里。"她笑了，"这是我从 airbnb 上订的房子，用的是我的身份证，也不用跟房东打照面，我想您的行踪肯定需要保密。"

"高铁票实名制已经暴露了我的行踪了。"

"噢，不好意思啊。"

"我的行踪也没什么好保密的,我又不杀人。"

"也是。"她又露出了刚见到我时的笑容,任何一颗种子都能轻易地在这样的笑容里发芽。

"那你住在哪里?"

"附近,离这里不远,单位附近。"

"说吧,找我来,要办什么事?"

"我看您挺累的,时间也不早了,我先把吃的点了。"

她低头在手机上忙活,打开某个App,一边搜寻附近的商家,一边问我。

"寿司吃得惯吗?日料,也有乌冬面。"

我没作声。

"嗯,这个是辣的,湖南菜,噢,盖浇饭,盖浇饭不要的,没意思,啊,有小杨生煎,小杨生煎可以吗?可以配油豆腐牛肉粉丝汤,或者油豆腐百叶包粉丝汤。"

我点点头。

"生煎有三种口味,鲜肉的、大虾的和荠菜的,您喜欢哪种?"

"都行。"

"好,各来一份。"

"有酒吗?"

"酒吗?我另外喊超市好了呀,要啤酒还是什么?"

"都行。"

我让她要了两打蓝带大听啤,她另外帮我点了周黑鸭的鸭锁骨和鸭掌,说是给我下酒,兴许她自己想吃,女孩的心思很容易猜。在点餐过程中,她把天鹅绒百褶裙撸到膝盖之上,露出了细瘦无比的小腿,皮肤光滑微黑,左边膝盖上有一道明显的伤疤。

我打算去冲个澡，我坐的是高铁，北京到杭州不过五六个小时，照理不足以让身上发出臭味，问题在于我北京的住处热水器坏了一个多月了，房东用了那么多年的破热水器，也没什么修的必要。我将近一个礼拜没洗澡，除非去找个陌生人家洗。我也没带换洗的衣服，只能裹着两条浴巾跑出来，顺道把衣服在卫生间洗了晾上。

女孩儿见怪不怪，她坐在沙发对面的地上，我们之间隔着一只简易小茶几，上面放着空调和投影仪的遥控器，还有房主留下的告房客书，里面有一条是："如果周围邻居问及，请不要提及 airbnb 或者短租字样，一定声明您是我的朋友。"

"你还是先说一说什么事儿吧，不然我来得没头没脑的。"

"我爸爸。"她刚一说，声音已开始哽咽。

"死了？"

"没有没有，别胡说八道。"

"我妈妈最近去新加坡玩，出了车祸。"她的眼泪已经控制不住了，一颗颗落下。

"死了？"

"瞎说八道，经过抢救，暂时没有生命危险，但伤得挺严重的，我去陪她一个月，工作离不开先回来了。"

"我不接不涉及人命的案子。"我直起身子，伸了个懒腰。

"我觉得妈妈不是不小心出的车祸，她是故意寻死。"

"为什么？"

"因为爸爸在外面有不止一个女人，而且，很可能还有别的孩子，也不止一个。"

"我不调查二奶。"

"谁让你调查二奶了，恶心。"

正说着，有人敲门，猛地响起这样的声音，真是吓人一跳。她站起来，开门，提回来一只塑料袋，上面订着一张机打明细单。我们就在地上吃小杨生煎，这家店在边上的银泰百货，生煎送到这里不过数百米，里面的汤汁还是滚烫的。我昨天晚饭后就没吃过东西，胃空得直抽抽，反着酸，油腻的生煎入肚，汤汁混着接近枯竭的胃壁，极好地安抚了那上面的褶皱和绒毛。

"我不关心他有几个女人，他这辈子有过无数的女人，我相信。我妈妈因此得了抑郁症，每逢春夏或者秋冬季节交替，是最难熬的时候，她无法入睡，睁着眼睛直到天亮。她会无数次给爸爸打电话，但电话不是不在服务区就是你所拨打的电话正在通话中，要不就是一串葡萄牙语的女声答录，他最近在谈巴西的一个生意，有时候要去圣保罗出差，中巴贸易什么的。"

"联系不上他？"

"联系不上，一般实在联系不上了，我们会找爸爸的助理小窦，男的，这次他说他也不太清楚。他很少跟爸爸一起出差，爸爸喜欢一个人出差。"

"你怀疑他失踪了？"

"也许只是在某个阿姨家里，我在杭州街头偶遇过一个阿姨跟爸爸在一起，叫阿姨不合适，她也就我这么大。"

她撇了撇嘴，她的嘴不小，因为年轻，嘴唇上方有细密的绒毛，唇色是暗橙色，颧骨上涂了同色系的腮红。她化了妆，少女系的裸妆，像这个年龄的女孩应有的风格，唇膏是透明的，只是为了提亮，我怀疑她还戴了美瞳，否则眼睛不会那么亮，眼珠也不会那么大。

"因为你妈妈出了车祸，你才无论如何都要找到他？"

"那怎么办？她简直痛苦死了，双重痛苦，不，三重，车祸，抑郁症，找不到我爸爸。"

"我不管找活人，我只管死人。"

"呸呸呸。"她敲了敲眼前的三合板小茶几。

"有人死了再找我。"

我把该吃的小杨生煎吃完了，这时又有人敲门，她又起来开门，啤酒到了，必须喝一顿，很快周黑鸭也到了，她坐下来跟我一起喝啤酒吃周黑鸭。

"他们说你无所不能，只要给你钱，钱我有的呀。"

"我最近不缺钱，但是我住的地方热水器坏了。"

"你可以住在这里的，想住多久住多久，只要能找到我爸爸。"

我一口气喝了两听蓝带，酒味儿不够，后悔没要青岛。她一直在小心翼翼地啃鸭锁骨，也喝啤酒，但喝得很慢，酒量一般，喝了一听不到已经微醺，嘴角挂着一颗完整的花椒。

"我不是杭州人，我是泉州人，泉州来的，我爸爸妈妈生了我们姐妹七个，爸爸一直想要儿子没要到，所以在外面找了很多很多女人，想让人家给他生儿子。到现在我也不知道我有没有一个弟弟，爸爸什么也不说的，这些女人在哪里，我们也不知道。"

"过年怎么办？"

"过年爸爸一定要回家过的，奶奶还在，但他有时候吃完年夜饭连夜就开着车走了，妈妈就一直在那边洗碗，打扫卫生，一直到半夜，她很会忍，什么都不跟我们小孩子说的。"

"你爸对你们好吗？"

"可以说是很不错的啦。他对我们要求高，读书啦工作啦，他都要管的，大包大揽。他让我到杭州来工作，这个公司的老板，是他的好朋友。"

"这次联系不上他有多久了？"

"一个半月，整整四十五天，一点消息都没有。"

她喝光了一听啤酒，又开了一听喝了几口，站起来身体都有点晃。她的胳膊也很细，扶着墙去厕所的时候，那只细细的胳膊几乎支撑不住。我已经是第六听还是第七听了，五百毫升的听啤还是挺够量的，外面的雨持续不断地在下，时大时小，天色微暗，气温慢慢降低。

我站起来去阳台，阳台上有帆布遮阳棚伸出去，一侧的遮阳棚开始漏雨，雨水打到兼作小工作台的侧边台面上，把木头台面大半都打湿了，还飞溅到两只雪白的帆布面沙发上。

这是二楼，对面一楼的人家占了原先的自行车棚，变成老年代步车的停车库。暮色中，一个老太太正在擦拭一个桃红色的旧皮子沙发，她擦得很专注，没有发现我，也没有抬头。

幸好没有抬头。

回到屋里，关上那扇门，让屋里能暖和点儿，浓郁的桂花香也被排除在外。我关完门还来不及转身，她正好站在我身后，越过我，伸手拉上了窗帘，那么细的胳膊缠绕着我，手腕上戴着金刚绳，红的，绳上有四只特别小的黄金做的铃铛。

"我全天联系不上他，我们七个姐妹都在打他电话，我半夜有时候惊醒，第一反应就是从枕头边摸出电话打给他。"她站不太稳，几乎贴着我说。

"打了也白打。"

"我知道呀，只有我一个人知道打了也白打。"

"什么意思？"

我抓住她的胳膊，转过身来，她猛然抱住我，尴尬的是我上半身披着的浴巾被她扯掉了，滑到地上。她抱住我哇哇大哭，脸贴在我胸口，眼泪鼻涕都糊上去了，澡算是白洗了。

我只好轻轻地抱住她，拍拍她后背，等着她平息。一个人不管怎么哭，怎么放声痛哭，要死要活地哭，总有平静下来的时候，她也不例外。

"只有你知道打了也白打，是什么意思？"我问。

她忙着哭，没有回答，我只好把她放到沙发上，拿起地上的浴巾擦胸前的眼泪鼻涕，而后找出茶几上的空调遥控器，调出制热的功能，三十度，空调有些老了，但不妨碍它制热。当然了，她如果还要哭下去，我只好再去冲个澡，躲开这个场面，她像是那种一年哭一次的女孩，一次就要管够。我把啤酒罐子递给她，让她喝够了好顺势昏睡过去，我也在昏昏沉沉的临界点，恨不能倒头就睡。她一边继续抽泣一边狂灌啤酒，第二听转眼喝完，把空罐子递给我，示意我再开一听。

"等会儿，我感觉可以接你的案子了，能不能在你喝多了之前先把定金给我，现金。"

她移开茶几上那个打印加塑封的告房客书，底下压着一个鼓鼓囊囊的白信封，企业信封，像是她工作的公司用的。

"好了，你说吧。"屋里只有一个小双人沙发，我让她在那上面躺下，举起她的脚放在我膝盖上，拉好她的百褶裙，我也好靠到沙发背上，如此一来，形成了一个很方便交代事情原委的新格局。

"这四十五天，我都不知道自己是怎么过来的，在新加坡的时候，还要照顾妈妈，要哄着她。我的姐姐妹妹对于爸爸联系不上这件事，各有各的主意，她们要去报失踪，姐夫们的意见也很多，报失踪满四年法律上就算死亡，有些人就可以开始分遗产了。"

"你爸是个有钱人?"

"我不知道他有多少钱,他有一次跟我说都安排好了。他心脏不太好,说够我们每个姐妹一辈子不工作,让我们工作是为了能够将来好好打理各自的钱。"

"都安排好了?他几岁?"

"五十五,才五十五就安排好了,他是神经病吗?"

"这个神经病其实已经死了。"

她挺起上半身,死死地盯着我,一边看一边眼眶里又充满了液体。她哭了那么长时间,居然没有把美瞳冲出来,真是万幸。

"你知道他不在了?"她说。

"你刚才说的。"

"我说什么了?"

"你说给他打的一切电话都是白打。"

"因为他不接嘛。"

我摇摇头,顺手又拉了拉她的裙边,她的脚丫子细小而修长,每个脚趾头都像刚上幼儿园中班的小孩,既驯服又乖张。我没有碰到她的一点点皮肤,这是个跟女孩儿相处的好习惯。

"一个人脱口而出的都是真话。"

"好吧,我知道爸爸已经不在人世了,我没有爸爸了。"

"别再哭了,你找我其实是想通过我知道谁杀了他。"

"爸爸玩失踪不是第一次了,我是他最疼的女儿,我们之间有个约定,他可以玩失踪,想去哪儿就去哪儿,但是夜里一点半,如果我给他发个笑脸,他一定要回我一个笑脸。"

"这次没有?"

"我上了闹钟，每晚一点半准时醒来，已经发给他四十五个笑脸了，一个也没答复。"

"所以你知道他不在人世了？"

"我们家里人都知道他有两个手机号，我是唯一一个知道他有第三个手机号的人。"

"那个号也没答复？"

"没有，那是个全球通号码，即便人在南极也可以收到信号的他说。"

我从床上拉了那条线毯把她的脚裹起来，空调并不好用，室温没有升高多少，她一边说一边发抖。

"所以，我爸爸的事情恐怕达到你的标准了，是个命案。"

"你爸爸通常住在哪里？"

"泉州是我们家，他很少很少去。杭州他有个家，在滨江区，双城国际，我没有那个房子的钥匙，其他地方就不知道了。"

"有打扫卫生的阿姨吗？"

"我爸爸讨厌请小时工，他自己做卫生，做得很好的。"

一个有五六个，甚至七八个家的五十五岁、有洁癖的男人，家大业大老婆多孩子多，当他想一个人躲起来的时候，还可以躲到酒店里，深山老林里，没有手机信号的地方，连个短信上女儿发的笑脸也看不到的地方。

"你的老板，是他最好的朋友？"

"绝对是，他们无话不说，但这次他真的什么也不知道，我都快跪下求他了。他说我爸爸如果在任何一个阿姨家，我得相信他谁也不会告诉的，老板没有我爸爸任何一个阿姨的联络方式，男人之间不分享这种东西，他见过一两个阿姨，但再好的朋友，也不会留别人女朋友的电话，何况是我们泉州人。"

"明天再说吧,今天什么也办不了。"

"我知道得明天再说,今晚我能不能住在这里?"她的声音越来越低。

"随便。"

她睡着了,我把她抱到床上,自己睡在沙发上,用浴巾和线毯将身子裹紧,夜里被冻醒了,但没有听到她的手机闹钟在一点半响起。当夜也没人再来敲门,快递不会无缘无故地夜半敲门,她睡觉的时候有轻微的鼾声,音量介乎猫和狗之间。

双城国际实际上是个写字楼,不知道她爸爸干吗要住在这里。开门也没有想象中复杂,她拿出她的身份证和户口本复印件,她说幸好前阵子买二手房,一直带着老家户口本的复印件,正好可以证明他们的父女关系。物业看到她人,也没问她要户口本复印件,二话不说就开了门。

那是一个巨大无比的开间,足有二三百平方米,三面落地窗。屋里近乎空空荡荡,一侧有老板桌和皮面旋转工作椅,当中是一大套金丝楠木茶桌椅,放着工夫茶具和很多只老虎造型的茶宠。五十五岁,属虎。

大开间隔出了一个卧室,卧室里有单独的卫生间,有别于外边的客卫。厨房是开放式的,但台面上除了灶具,几乎没有任何过日子的迹象。打开冰箱,里面却只冻着当年的乌龙茶、西湖龙井和枸杞。

我走进卧室。被子没有叠,一只枕头横放一只枕头竖放,酒店一样的纯白床品,衣柜里有衣服,但不多。他像是那种懒得在衣着打扮上操心的人,无非衬衫、T恤和夹克,还有两套西服,一套黑的、一套深棕,没有鞋盒,鞋子直接摆放在衣柜里,五双,三双休闲鞋,两双配合西服穿的皮鞋。

床头柜上连杯水都没有，也没有闹钟和台灯。

"屋里东西这么少，平时就这么少吗？"我问她，她一直跟着我，差不多算是紧跟着我。

"我爸爸讨厌家里东西多，他说他不喜欢回我们泉州的家，就是东西太多了，到处都是东西，闹哄哄的。"

我们去往主卫，玻璃淋浴房，浅棕色浴室柜，马桶，仅此而已。我撕了段卫生纸垫在手里，依次打开浴室柜的抽屉，除了第一层有一管备用牙膏和鞋油，其他的抽屉都是空的。这个屋子的主人像是随时准备跑路，偌大的卫生间，只有一条毛巾，一个刷牙杯子和牙膏牙刷，连洗发水沐浴露都没有。

"这个房子，是你爸爸自己一个人住的地方？"

"他说他想静一静时就住在这里，这些年住在这里的时间越来越多了。"

"没有座机？"我回到他的办公桌边，"也没有电脑？"

"他不用电脑的。"

办公桌的抽屉里也是空空如也，这里不是被打劫过，就是主人打算一走了之。作为一个生意人，他连个随手记的便笺都没有。厨房柜子里好歹有几瓶油盐酱醋，但基本上都没打开过，只是常规配备。我去到茶台那边，发现茶桌倒是经常使用，所有的茶器上都有茶垢，也都蒙着一层灰。四十五天不在，灰是肯定的。正对着茶桌有一扇窗户开着，风呼呼地往里灌，地面上有一层水，雨灌进来了。

"你爸爸日常出行有司机接送吗？"

"公司里没有专职的司机，小窦兼作司机，但爸爸很少喊上他，他总是自己叫出租车，他会用滴滴，去年我教会他的。"

一个常常独行，有很多妻子和儿女的五十五岁男人，他存在于世的目标就是自己叫车，坐车，独居，莫名其妙地失踪，或者死亡。我坐在茶台前，想象他泡茶的过程，用电热水壶烧水，将茶叶放到紫砂壶内，紫砂壶有三只，一溜儿放在一侧。

第一遍水，温杯洗杯，第二遍，才是喝的茶。茶杯有六只，但常用的只有一只，其他都干干地放在一边。他自己喝茶，望着窗外的景致，不远处，钱塘江波光粼粼，暮色苍茫时分，阴雨朦胧时分。

女孩坐在一边呆呆地看着那些茶杯，双手夹在两腿之间，她筷子一样细的腿经不起摔打，用来夹手倒勉强可行。我又站起来，重新在屋子里走了一遍，查看更多的细节。

"他出门通常用什么行李箱？"

"他有两只行李箱，短途用小的，出国用大的，也不算太大，中号的吧，都是一个牌子，TUMI，黑色的。"

我回到卧室，一大一小两只TUMI商务旅行箱都放在衣柜上层，大的那只上还有一次国际旅行标签没扯下来，确实是去往巴西圣保罗的，上个月初的行程。把行李箱取下来，打开，里面有常规的洗漱用品袋，别的也没有什么。我张望片刻，卧室外的阳台上晾着一些衣物，衣服上也蒙着一层薄薄的灰，不出意外的话，是那次出差后换洗的，因为跟他衣柜内风格类似的衣服当中，离奇地混了一件南美人常穿的热带风格花衬衫，还有一条沙滩裤。

"他没有带走任何行李。"

女孩点点头，我怕她又开始哭，迅速走进卫生间。主卫的马桶是盖着的，我打开它，里面静静地积着一小摊水，浅蓝色的，不出意外，这是放了深蓝清洁球。我又到处翻找一番，没有发现清洁球的替换装，难道是最后一颗清洁球？

"你觉得谁会在他走后,把这个屋里的东西收拾一遍,还拿走了很多东西?"

女孩迷茫地摇摇头:"我不知道啊。"

"你说他在杭州有女朋友?"

"应该免不了吧。"

"有什么办法可以找到他的任何一个女朋友吗?"

"没办法。"女孩皱起眉,她不愿意提及这些女人。

我们离开了那个房子,关上门的瞬间,我仿佛听到空气中有人在跟我说:"慢走。"我把门又推开,那个声音没有再响起,消失得无影无踪。

我们一起去往女孩的住处,她说那里的沙发比十三湾巷的好坐,实际上,它离我的住处只有几百米远,在火药局弄的书香楼苑,紧挨着小世界定安国际幼儿园。书香楼苑也是个老社区,六层无电梯,她住在三楼的两居,房子也是重新装修过的,不知道为什么,我感觉跟 airbnb 订来的房子有相似之处,也许是墙面的处理风格。

屋里有三只猫,一黑一花一白,卧在不同角落,我进去的时候,黑的那只伸长了身子打了个哈欠,另外两只盘在一起睡大觉。

"这是爸爸为了让我上班方便特地给我买的二手房,杭州现在房子限购了,我不得不把户口从泉州迁过来,才买成这个房子。"

"所以你现在是杭州人?"

"对。"

一进屋子她就打开空调,不大的屋子里有一台立式空调。屋里很快暖和起来,她又喊了外卖,我们吃了午饭,她跑去卧室换了珊瑚绒睡裙，暗粉色，当中一个卡通娃娃头，一副打算睡个午觉的样子。

"今天周六，我可以好好休息一下，你也休息一下，想做什么都可以。"

她去睡午觉了，卧室门敞着，我们已经在昨晚同居一室过了。我能做的事非常有限，只能拿起桌上的时尚杂志瞎翻，翻到第三本《ELLE》，里面掉出来一张纸条，画着一个长了两只角的恶魔，边上有三个歪歪斜斜的字："放过我。"

画是深蓝色的，桌上就有一根无印良品的深蓝色细签字笔，纸条的背面是另一个人的笔迹，从笔画的粗细判断，是钢笔写的。字特别大，写着工行的账号、用户名、开户行和汇款金额，我数了数，有八位数，一亿两千八百万的转账。

我直觉应该留下这张纸条，总比留在杂志里做书签好。

她睡午觉的时间，我拿了她放在桌上的房间钥匙，到楼下给朋友老K打了个电话，没有他查不到的线索。我把那张纸条上写的从头到尾原原本本地给他读了一遍，让他记下来，查一查是谁的账号，那个账号上的往来账目是个什么情况。

老K是个无所事事的胖墩墩的黑客，整天就待在家里炖汤喂狗，我的电话总让他觉得活着还有点存在感。我把女孩儿给我的她父亲的三个电话号码也报给了他，让他一并查查。

在楼下，我发现了另一栋楼一层开了个小卖部，我在那里买了两盒利群新版，十四块一盒，在它和利群软长嘴之间我犹豫了一下，后者三十六块一盒，有点奢了。

每到一地，我喜欢抽当地的香烟，喝当地的啤酒，往往也能睡到当地的女人。楼上那个穿珊瑚绒睡裙的女孩儿，不需要喝一口酒就能睡到。但我懒得走到她跟前，提出这个要求。无边的倦怠席卷了我,我坐在一楼花坛雨后略干的水泥台上抽烟,抽了三四根,然后上楼。

我打算单独跟她爸爸的助手小窦见一面,让她帮我联系,她刚睡醒,不知所云,听了半天才明白过来,坐在床上给小窦打了电话,约了在金钗袋巷和抚宁巷交叉口的金记面馆见面,顺带吃吃晚饭。小窦一脸紧张,坐在我对面,女孩儿去要面,她自己要了雪菜黄鱼肚片面,帮我要了肉丝拌川,小窦要了爆鳝片儿川。很难理解为什么雪菜,也就是一种咸菜,要跟黄鱼做在一起,她吃着一团烂糊糊的东西,津津有味,专注于吃,好像根本没听到我和小窦在说些什么。

"你最后一次见到你老板是什么时候?"

"他让我去家里拿两箱茅台,送给绿城的朋友。"

"双城国际?"

"对,他快要去巴西出差了,临走前订了得有十几箱茅台。听说是副厂的茅台,不贵,好喝。"

"都是你帮着送?"

"我也就送了绿城的那位他的朋友,其他的好像都喊了同城快递。"

"他当时看起来正常吗?"

"挺正常的啊,跟平时没什么两样。"

"家里呢?"

"家里?"

"家里乱不乱?"

"没觉得,跟平常差不多,他说自己很累,头天晚上没睡好。"

"我爸爸经常跟我夸小窦,说他勤快,聪明。"女孩儿突然插话。

小窦看了她一眼，递给她一张纸巾，她吃雪菜吃得嘴角发黑。

"我爸爸想让我跟小窦在一起，可是我对他不来电啊。"女孩儿又说。

"陈总开玩笑的。"小窦说。

"他很认真的，我爸爸说一不二，从来都是，你说他开玩笑，我觉得他很认真。"

"你觉得他可能去哪里？"我问小窦。

"陈总最不喜欢告诉我们他打算去哪里，他行踪不定，也几乎不发朋友圈说自己在哪里，我们想要汇报工作，只能发微信，发完微信他说不定什么时候回，有时候很快，有时候隔了好几天。但是很奇怪，凡是着急的事情，他都回得很快。"

"秒回。"女孩儿一边嚼着面，嘴里鼓鼓囊囊的，一边说。

"完全没有规律可言？"

"是，我们常说陈总神出鬼没。"

"你在双城国际，"我看了女孩儿一眼，"见到过其他女人吗？"

小窦也看了她一眼，点点头。

"几个？"

"最近？"

"最近一年之内。"

女孩儿突然站起来，说去找牙签，雪菜黄鱼也能塞牙缝？

"见过一个，很年轻的女孩子，也就她那么大。"小窦往女孩儿的方向努努嘴。

"女朋友？"

"八成是，她挺活泼的，妆很浓，染发美瞳假睫毛，很厚的粉底，几乎看不出实际上长什么样。"

"你去的时候，她在干吗？"

"好像在拿着手机自拍吧，诸如此类的，她没跟我说话。"

"陈总跟你介绍她了吗？"

"从不，我们做手下的，不问东问西就对了，问这些干吗？"

我在双城国际的房子里没有看到任何女人的用品，一丝一毫都没有，不管是护发素，洗甲水，还是眼霜，他的屋子是彻头彻尾的男人的房间。也许他不允许女人在这里过夜，哪怕是新交往的年轻女朋友，哪怕那么人来疯，自觉漂亮。

"陈总自己为什么不开车？"

"他应酬多，喜欢喝点酒，他只喝酱香型的白酒，茅台五粮液这类的，喝茶就只喝安溪铁观音，别的一概不喝。开车喝不了酒，还得喊代驾，麻烦。"

"他有固定的酒友吗？"

"好像没有，他就是为了应酬喝喝酒。"

"他主要做什么生意？"

"进出口贸易，有一部分，房地产，一部分，物流，一部分。说不清楚啦，什么挣钱做什么。"

"挣钱吗？"

"我也算换了不少工作了，没见过比陈总还会挣钱的老板，他只赢不输，出手稳、狠、准，从不走空。"

"这么厉害？"

"是真厉害，能做大生意的主儿。"

"你很崇拜他？"我向他探过身子。

"我也算换了不少工作了，有过这样那样的老板，真正崇拜的，还真只有陈总了，真牛逼。会做事，钱多，女人多，还摆得平。"

女孩儿突然回来，带着牙签盒，小窦低头吃面，他的鳝鱼面总的来说还是挺香的，据他说。很奇妙，天黑以后，外边没有下雨，我提议我们三人到西湖边散散步，女孩儿带路，小窦跟着我并肩走，他好像多多少少有点怕那个女孩儿，一个老老实实的人，来自山西忻州。我们谈到了山西的煤老板，挖煤的人就像一群群打黑工的，从地底下钻出来，心肝肺都是黑的，一朵又一朵的地狱之花。

夜晚的西湖人烟稀少，苏堤白堤断桥，样样分明，没有烟雨蒙蒙，轮廓线都显现出来了。一条黑狗始终不远不近地跟着我们，女孩儿不喜欢狗，勾住我的胳膊躲它，我努力辨认着远处的三潭印月，想象三个亭子极其缓慢地被湖水淹没的过程，那乌黑的西湖水，湖水中隐藏着恶之灵。

"如果你爸爸就此消失，你怎么办？"

"不行，活要见人死要见尸。"她咬着牙说。

我松开她紧紧拉着我的手，那么纤细的指头，轻轻一掰，可能都要断掉。她又来紧握我的手，丝毫不顾及小窦的存在，小窦也善解人意地张望着湖面，偏着脑袋散步，不得不说，他那种姿势非常别扭。

之后我们告别，女孩儿打算跟我回去，在路上我接到了老K打来的电话，凡是来电不显示号码的就是他打来的。

"哥们儿，我跟你说，你边上没人吧？"

"有。"

"好，那我长话短说，或者回头再打？"

"回头我打给你。"

回到十三湾巷，到了楼下，我让女孩儿先上楼，说要去再买包烟，在去小卖部的路上我给老K打了过去，电话那头传来他在厨房煎炒烹炸的声音，他不住地被油烟呛得直咳嗽。

"我跟你说啊，哥们儿，这个银行转账信息，是陈汉生转给你这个字条上写的吴秋燕的，这两人是两口子，两口子转账不知道有什么好查的，吴秋燕账号上陆陆续续收到过陈汉生的很多笔转账，他们一年总要转个七八次，每次金额都不小，这一笔是两个月前转的。"

"哦，这是我在查的客户，他失踪一个半月了。"

"对，你给我的三个手机号都是他名下的，一个半月左右的时间都没有新打出去什么电话，倒是非常多未接来电。他的微信上也有不少别人找他的记录，好家伙，光是喊他老公的就有七八个，够花的老头儿。"

"你能把所有这些女人的资料都发到我邮箱吗？"

"找他的，喊他老公的？"

"姓名，手机，所在地。"

"行啊，小菜！"

"他失踪前一个礼拜的手机通话记录也发给我一份。"

随着一阵激烈的咳嗽，这家伙估计快要被油烟呛死了："好好，知道啦，挂了。"

我刚要挂，又听到他在电话那头吱哇乱叫。

"你在杭州？帮我买两斤临安山核桃，小个儿的那种。对了，还有桂花，我过几天做点桂花糕。"

我挂了电话，回到屋里，女孩儿已经躺在沙发上看电视了，跟前摆着几听啤酒，她已经打开了一个正在喝。这是初秋，她觉得冷，盖着毯子。有些时候，我觉得她因为找不到父亲焦虑不已，在另外一些时间，她又放松得像有几百个体健貌端的父亲好好地待在老家。

"你看不看《奔跑吧！兄弟》？"她问。

"我不看电视。"

"也不一定要电视上看啊，也可以在网上集中看。"

"我也不怎么上网。"

"哈？"

对于她这种苹果每出来一款新手机一定要换一换的年轻人，这确实有点不可思议。

我到阳台上去抽烟，这个居民楼大概是上个世纪八十年代盖的，隔音效果不太好，但很奇怪，我今天早上被不知从哪家传来的推拉门声吵醒，然后是淋浴龙头的水哗啦啦的响声，拖拉桌椅的声音，却从未有过人和人交谈的声音，所有的邻居都不出声，不责骂孩子，夫妻也不争吵。那些声音是人造就的，但人并不出声，我想他们应该也听不到我和女孩儿刚才说的话，只听到了电视声，我点打火机的咔嚓声，还有脚步声。

所有地方的特质，唯有住在里面才能知道。

我返回房间，女孩居然已经在喝第二听啤酒，我去厕所大号，出来她喝到第三听了，她喝啤酒的速度又快又猛，喝完酒的她，跟上次不一样，耳朵是红的，鼻子尖儿也是红的，连额头都泛着微微的红光。

"别再喝了。"我走过去，把啤酒从她手中夺下。

"你管我！"她上身挺直，眼神十分奇怪，像是一滴浓度很高的酒精滴到了她的瞳孔内，这滴酒精让她的眼睛熊熊燃烧。

"怎么回事？"

"我想喝多少喝多少，又不是你出钱买的，你又不是我男朋友,管个屁!"

"你已经喝多了。"

"滚蛋!一边儿去,你谁啊,在这里干吗?"她的眼神陌生又冷漠,像是真的不再认识我了,推搡我的力气大得惊人,比先前那个手无缚鸡之力的女孩儿大了十倍不止,我居然被她推得一踉跄。但是我依然把所有的啤酒收了起来,放到冰箱,把她没喝完的那听喝完。她抱住我,又拳打又脚踢,打的都是致命的部位。

"滚蛋!你他妈快给我滚蛋!"她盯着正在喝她的啤酒的我,拽我的领子,又开始掐脖子,使劲掐,她的蛮力超过了我的想象,顿时有了窒息感,不得不放下手中的啤酒,专心对付她,将她的手松开,又推回对面那堵墙,两只手按住她的胳膊,她猛地用膝盖顶我的裆部。

我大叫一声松开她的手,她突然打开冰箱,从里面又取出一听啤酒,带着狠劲儿拉开马口铁环,扔到一边,然后略带挑衅性地坐回沙发,双腿一盘,开始大口大口地喝那听啤酒,转眼又喝光了。我盯着她喝酒,看着她眼睛的颜色奇妙地转淡,脸颊没有泛红,耳郭也没有。

喝完这听啤酒,她闭上眼睛,长长地而又和缓地吐了一口气,接着往沙发上一歪,闭上眼睛,竟睡着了。我数了数,她喝了八听啤酒,在最短的时间内。

我只好又把她抱到床上去,很奇怪,她似乎比昨天重了好多,无论是骨头的分量也好,肌肉的分量也罢。三只猫四散,不知道躲到哪里去了,我在床底下张望不到,到卫生间也没有,回到沙发看沙发底下,依旧空空如也,听到阳台上隐约有一点动静,我开了阳台门,果然看到三只猫惊恐地站在那里,朝我看。

我打开她的手提电脑，查看邮箱，老K发来了所有女人的信息，她们分散在全国各地，最远的在四川，最近的果真在杭州，住在西溪湿地。老K的资料翔实，有手机号，也有微信，我当然没耐心加微信，直接打了她的手机。

"谁啊？"

"我是陈汉生女儿的朋友。"

"谁？"那边声音明显紧张起来。

"陈汉生女儿的朋友。"

"找我干吗？"

"你知道他去了哪儿嘛？"

"他哪儿去了？我还想问你他哪儿去了呢，人间蒸发了突然就。"

"多久没联系了？"

"一个多月了。"

"四十六天？"

"至少。"

"你一点儿也不知道他的下落。"

"你是他女儿的朋友，他女儿也不知道吧？"

"对，不知道。"

"那我怎么可能知道，我也想找他，这个房子租期快到了，房东开始催了。我去过他双城国际的房子，家里没人，我没钥匙，这个老头子从来不给我钥匙。"

我挂了她的电话，依次给接下来的六个女人打电话，她们的声音或高亢或低落，带着各地的口音，统统说他突然消失了，像一滴水落到了沙漠之中，一只困兽犹斗于虚无的荒郊野外。在这些女人跟我要孩子的学费、一只大衣柜的定金和物业管理费之前，我统统把电话挂了。

这个男人身边拢着一群蛆，母蛆，他的骨头和肉正在一点点被啃咬，而浑然不觉。我走进卧室，看着他女儿，那个女孩儿睡得像一根弯曲的香蕉，在被子底下，身体微微起伏。我摸了摸她的额头，她的右边太阳穴正鼓鼓跳动，俯身细看，像是有一只看不见的小拳头，仰着头，努力想要从那柔软细腻的皮肤下顶出来。

我用指尖碰了碰它，它也试探着碰了碰我，我们隔着一层皮肤接触，揣测着对方的厚薄、虚实、真假，它向左一点，我便向左一点，它向上一下，我也向上一下，我们隔着一层皮肤跳贴面舞，居然没把女孩儿弄醒。我在她身边躺下，她没卸妆，脸上挂着一行泪，将眼线晕开了，连上两条墨黑的、断断续续的线。关上台灯，万籁俱寂，外边秋虫的叫声显得格外清晰。

我睡在她身边，睡得不太安宁，但是我又不知道自己梦到了些什么，或者有什么我不想梦到的东西闯入了我的梦境。我不喜欢梦境中有复杂的东西，特别是出现我不熟悉的面孔，或者是奇形怪状的生物。我梦到黑漆漆的湖，周围林木稀疏，安静而空旷，一只巨大的异形兽从波光粼粼中探出身来，它缓缓转身，笨拙而迟疑，带出了黑色的波纹和发白的泡沫。

我不愿意梦到异形兽，但也没有别的办法，她在睡梦中翻转身体，钻到我怀里来，并把我的一只手拉到她胸前。小小的乳房和乳头，稚嫩极了，探测不到她的心跳，我抚摸了一会儿她的乳房，感受着深夜抚摸一只乳房的柔滑和悄无声息，又把她的手放回到原先的地方。她撅起屁股顶着我的阴茎，这家伙不可避免地勃起了，太混蛋了，我只能拉下她的短裤。

插入的过程并不顺利，她非常紧，而且干，在半睡半醒之中,和缓而静寂地插入,像是延续了梦境的一部分,沉入湖底的泥沼之中。你仿佛可以看到泥沼之中有什么东西迎面而来,又看不真切,倏忽而过的是鱼群,还是一个穿着潜水服的蛙人?我不能够顶得很深,也不想把这种深形容为极度的愉悦,一条鱼穿行于浑浊的水中,算不上多么顺利的事。

而后我打算起身洗澡,打开床头的调光台灯,先去卫生间拿出一条毛巾在水龙头下调开热水弄湿,拧干了帮她擦拭身体。她依旧处于诡异的半睡半醒状态,这时候,可以认真地看她的脸,清晰的五官,脖子一侧有一处文身,是一头带着犄角的小怪兽,和夹在杂志内的纸条上画的小怪兽有点像,都长着犄角,脸上都有说不出感觉的笑意。

她猛地睁开眼睛,我也裸着,她也裸着,我还正帮她擦拭下体,尴尬的场景。

"好疼。"她说。

"哪里?"

"全身都疼。"

"全身?"

"是,全身哪儿哪儿都疼,像是在玻璃碴上滚过。"

我们没有谈及刚才发生的一切,也没什么可谈,我没有射在她体内,不存在后顾之忧。

加缪说:"我所知道的爱情乃是欲望、柔情与智力的混合体,是把我与某个人联系在一起的复合体。"

然而,我跟她与爱情一毛钱关系也没有,仅仅因为我懒得走回自己的住处,偶然地跟她躺在一起,而发生了性关系。之后两人闭口不谈,说明我们无意把这件事当作正事儿来处理。

我告诉她:"你父亲所有外边的女人都不知道他的下落,每个人都在追问他到底去了哪里。"

"那些人说的，你也信。"

"我暂时听不出谁前言不搭后语，说话有矛盾的地方。"

"你知道她们都谁生了孩子吗？"

"不知道。"

"这些小孩里面有几个女孩儿？"

"那就更不知道了。"

她喃喃自语："我不知道我到底是他第几个女儿。"

"这重要吗？"

"当然重要啦！他是我爸爸，怎么可以是那么多女孩儿的爸爸。"她的声音突然变尖。

这时候我的手机突然响起，我看了一眼，是老K。电话那头依然是煎炒烹炸的背景，老K的声音在一大锅咕咚咕咚煮着的汤边出现。

"我跟你说啊，你在哪里？"

"杭州。"

"我知道是杭州，杭州哪里？"

"我也搞不清楚，离西湖不太远。"

"啧，我说的是，你跟你那个女客户待在一起吗？"

"你怎么知道？"

"你们俩手机信号紧挨着。"

"滚你妈蛋！"

"闲不住，闲不住，我跟你说啊，你得小心点儿。"

"什么意思？"我去往卫生间，裹上一条浴巾，顺便就站在那里接听电话。

"小心点儿没坏处，谁知道躺在你身边的是什么人。"老K

故意卖关子。

"扯什么犊子,明说!"

"我可就说了,你不是说她爸有三个手机号吗?"

"对。"

"第三个,她给他发笑脸的号。"

"什么意思?"

"她是不是有两个手机?自己给自己发。"

"有这个必要吗?"

"这个手机就在你附近,在这个房子里,只是静音了,你好好找找。"

我挂了电话,返回女孩儿身边,现在是凌晨三点,她正坐在床上发呆。

"为什么你的房子里有跟我的房子里很像的一些东西,马桶刷,比如,同款不同色。"

"不知道啊。"

"这种马桶刷不常见,河马造型。"

"天知道。"女孩儿天真起来,简直无邪。

"不是你买的吗?"

"我的是我买的,你那个房子里的一定不是我买的啊,是房主买的。"

"你认识房主?"

"怎么可能?我通过 airbnb 订的房子。"

"什么?"

"一个订房子的 App。"

"我不想知道那么多,第二个问题。"

"问题真多,大半夜的。"

"你去过你爸爸自己住的房子几次?"

"也就两次吧,跟你一次,之前去过一次,他不喜欢我去。"

"可是物业看起来跟你很熟的样子,你是第一次拿钥匙吗?"

"是,第一次去我爸爸在啊,不需要钥匙。"

"但你肯定不是第一次去物业拿钥匙了,物业的人,很明显见过你,而且是跟你发生过拿钥匙的交道。你父亲那么孤僻的人,为什么会把钥匙放在物业呢?"

"为什么?"

"钥匙是你托付给物业的。"

"没有!怎么可能!"

"你想不起来了?"

"不可能。"

我宁可想着这是不可能的事,一百万种不可能在可能的陷阱里深陷,深一脚浅一脚。我捧住她的脸,把头发抚开,看她左边的太阳穴,再看右边的,并没有小拳头在两边太阳穴底下拱起,她身上的一切恢复了正常,除了无处不在且莫名其妙的疼痛。

"好,有什么问题明天再说,睡觉吧。"

第二天我去了双城国际的物业,找到了那天给我们开门的那位工作人员,果不其然,他说托付给他们钥匙的是女孩儿,时间是一个多月前,他查了时间,是九月五日,女孩儿父亲失踪后。

我问他:"给你钥匙那天,她说了什么没有?"

"说什么印象不太深了,好像问了我小货车能不能开到地下车库,她要搬走一些东西。"

"你们没跟着去看看?"

"没有，陈先生是业主，不是租户，她又是陈先生的女儿，我们都很放心。"

我又去查了我所住的那个房子的业主是谁，有了老K，一切容易多了。也是她，陈晓尘，她也没有把它放在airbnb上，只是自己左手交到右手，像两个人一样。不单是马桶刷，还有阳台上的户外木地板的品牌，作为装饰的字母灯，屋里的懒人沙发，其实都是一种风格。冰箱和洗衣机都是西门子，空调都是格力，再清楚也没有了。

下午我回到住处，跟她联系，她说她在上班，问我有什么事没有，我说没有，然后去往她的住处。我最近一直随身带着把万能钥匙，小偷行窃用的，这是为了方便随时出入各种屋子。我原先的住处不单热水器有时候会坏，也没有按摩浴缸，我需要到那些上了班的邻居家洗个澡或者泡个澡时，这样会方便一些。

她的房间里窗帘都还没有拉开，我打开灯，三只猫依旧如故，待在它们各自的地方睡懒觉，看家。我到处找，找那只手机，所有的抽屉、储物柜、衣橱，一无所获。屋子并不大，不知道还有什么地方可以藏一只手机，而老K一口咬定手机就在这个屋子里。

她家里所有的东西都是小小的，唯有冰箱很大，是西门子纯白色双开门冰箱。厨房放不下，只能放在客厅，一个几乎不做饭的女孩儿为什么需要那么大的冰箱呢？

我打开冰箱，认真翻寻。速冻区，基本上都是速冻食品和冰淇淋，没有肉禽水产。速冻食品品类丰富极了，包括速冻的比萨，但里面没有手机，手机在冷冻区，跟几根干蔫蔫的胡萝卜和花椰菜放在一起，用一只塑料袋装着，我开了机，还有电。

通讯录里唯一的联系人就是她自己，叫作"晓尘儿"。

我翻阅了几条短信，果然过去四十五天，每到夜里一点半，这个号码都会收到"晓尘儿"的一个笑脸。但跟之前一点半这个手机号会回一个笑脸不同，九月三日开始，再也没有笑脸回复给"晓尘儿"的号码。

除此之外，屋里并没有太多可疑之处，除了卧室衣柜和墙壁之间有一个巨大的空隙，以这个房子寸土寸金的规划，不应该那里什么都不放。我突然想起冰箱上有什么，回到那里。有一些拍立得照片，是她和闺蜜们聚会时候拍的各种各样的合影，其中一张恰好是女孩们坐在卧室床上拍的，角度让衣柜入了框。

那个空隙放着一只巨大的墨绿色国际大号旅行箱。

这个小区和我住的小区不一样，小区里种植的不是桂花树，而是另外一种树，繁密、肥厚而乌黑的叶子。十月中旬接近下旬，我站在阳台上抽了一根烟，楼下也没有正在擦拭皮沙发的老太太，工作日的下午，孤寂如同空旷荒凉的圣维克多山，塞尚生前常去那里画画。

等不及她回来，我再度回到双城国际，这次我用了自己的钥匙。即便是防盗门，这把钥匙也管用，它的制作者是行内最厉害的家伙，一个香港人，他送给我的缘故大概就是闲的，外加看我顺眼。

用另外一种眼光看这个屋子里的情况，就不一样了。我先到阳台去看从圣保罗带回来的沙滩裤和花衬衫，标签上写着 Made in China，拍个照没准儿淘宝能查出同款来。

我慢慢细查，枕头上没有女人的长发，也许从未有女人在这里过夜，床头柜里有硝酸甘油片和安定片，新包装，没有拆过。药物在他的工作台抽屉、卫生间的镜柜，以及茶台上的小茶箱抽屉，都有，可见他时刻得备着这个药，但每一处的都没有拆开，都是新的。

也许真正常用的，他随身带着。

下午三四点钟的阳光慢慢通过巨大的阳台移入室内，因为窗帘的图案是一大丛热带植物，光影斑驳。我坐在茶台跟前，准备烧水，洗茶器，发现下茶废水的小管子被什么堵住了，仔细看，原来是一把紫砂壶的碎渣。

碎渣而已，壶体的其他部分不在了。

有一把紫砂壶碎在茶台上，茶台的质地是乌金石，坚硬无比，我查找了一圈儿茶桌周边，又发现了两三片碎渣，都不大，得是使劲摔才能摔得那么碎。在乌金石茶台的一角，不起眼的一角，我发现了血迹，几乎无法察觉的血迹。

天黑之后我们碰面，她说陪客户吃饭，饭后约我到天竺路，我们在一座小桥上碰头，走入通往安缦法云的那条路。秋天的夜晚，幽静而微凉，植物的香气弥漫四际，将死的，未死的，把死和未死混为一谈的。

"怎么样？昨晚睡得好吗？"她问我。

"还好。"

"介绍你给我的人说，你是最厉害的。"

"嗯。"

"我也知道你是最厉害的。"

我希望她指的是床上，但那天晚上我浮皮潦草。

"你希望知道我调查到哪一步了？"

"不用说，你什么都知道了。"

我不说话。

"我希望你把她从我这里赶走。"她停下来，站在一大片竹林跟前，晚来竹林里有风，一阵又一阵的风，以看不见的节奏吹来。

"她？"

"那个坏的她，你见过的，连我家的猫咪们都怕她。"

"我赶不走，赶走了，你也不存在了。"

"可是她在这里，我一天也得不到安宁，何况她对爸爸做出了那么可怕的事。"

"她做什么了？"

"她害死了我爸爸。"

"怎么可能？你看到了？"

"你知道怎么回事，不需要我说。"

"她带着墨绿色大号旅行箱去找你爸爸，为什么？"

"想离家出走，那是我。"

"你爸爸气得心脏病发作，摔碎了一把茶壶，跌倒在地上，你还在吗？"

"是的。"女孩掩面哭泣。

"然后呢？"

"我吓坏了，我要去找药，她拉住了我。"

"为什么？"

"她死死地拉住我，她力气很大，我怎么也挣脱不开。"

"然后她替代了你，看着你爸爸死去？"

她只会哭，什么也做不了。

"然后呢？"

"她喊了小货车，把爸爸装在大号旅行箱里。为了运走他，不得不临时搬走了很多别的东西。"

"去了哪里？"

"她用爸爸的微信联系了小窦,说她要搬一些东西去公司仓库,她把行李箱放在冷库里,放外贸生鲜的冷库。"

"这一个多月,你父亲一直在那里?"

"是。"

"小窦知道吗?"

"我不知道他知不知道,也许吧,他一直想当我爸爸的接班人,他知道我爸妈转账的事,他说这是洗钱。"

"想杀死你父亲的,到底是你,还是她?"

她止住哭泣,转身看着我,即便在黑暗中,她的眼睛也亮得足以刺穿我。

2018 年 1 月 1 日定稿

丈夫突然离家出走 ————

"我儿子不见了。"那老太太等不及坐稳，跟我说。

"多大的儿子？"

"六八年生的，不小了，我想想，四十七了，虚岁。"

"那丢不了，只是离家出走。"这位老太太有一双柔和的眼睛，眼窝深凹，不像是说瞎话的人，我莫名地相信她说的每句话都是真的，何况她随身带着一只帆布口袋，里面装着儿子的身份证和户口本，她也拿出来给我看。

"他和儿媳妇住在北京，我也很少过来，直到三天前儿媳妇给我打电话，说他离家出走了。"

"以前离家出走过吗？"

她摇摇头，旋即想起了什么："这次儿媳妇才告诉我，以前他们两个闹过离婚，他也跑出去过，去了青海，待了好几个月，说是冬天实在冷得扛不住了，才回去的。"

"人口失踪找派出所会不会好一点？"

"不，我找你是因为我怀疑儿媳妇杀了我儿子。"

"你有证据吗？"

"我能有什么证据，有证据还找你干吗？我这个事情人命关天，必须找你。"

那段时间我一点儿也不想接活儿，北京刚刚立春，绿色重新一点点侵入蠢蠢欲动的树的枝丫。从又阴又冷的长沙回到了这个城市，我走出停了暖气后冷飕飕的出租屋，走到街上，才发现外边的气温已经比屋子里高一些了。在这段冷暖交替的日子里，我已经睡坏了两双袜子，总是在噩梦中蹬脚，总是不修剪脚指甲。

傍晚时分，我出去散步，从建国门桥下走过，再往北往西进入光华路，再拐到团结湖南里，所谓CBD的繁华跟我一点关系都没有，只有十一点后，它恢复了寂寥、衰败的时候，才像是我这种人住的地方。我住的老式板楼是二十世纪八十年代初修建的，确切地说是一九八三年，户型基本上就是客厅小得可怜，楼道窄得可怜，厕所小得可怜，厨房污秽不堪，卧室略大，也是我睡觉的天堂。

这个老太太在我们小区的门房外边见的我，她是通过后老伴儿的下属找到我的，后老伴儿是广西壮族自治区矿务局的前任局长，退休后赋闲在家，广交朋友，他的下属又是通过我的一个老客户知道的我。初次见面，在大庭广众之下，她一定要塞给我一小叠钱，虽然她看起来不穷，也不是多么有钱的人。总之半个小时后，我站在他们小区楼下，和老太太一起，我们坐了地铁十号线，从呼家楼站进去，劲松口出来，走没多远就到了华腾园。

她说儿媳妇去上班了，在新源里的西门子厨房家电旗舰店当经理，白天都很忙，不会轻易回来，我大可以堂而皇之地跑到他们家里去探查一番。何况，我是老太太邀请去的，她想让我看看家里有没有和她儿子有关的线索。

在电梯里，四顾无人，老太太踮起脚，贴近我的耳朵小声说："一个人出远门不会不带身份证的，虽然我儿子丢三落四的，你说他怎么会不带身份证吗？"

很奇怪的是，我在他们小区楼下的灌木丛里，看到了一只和我住的地方一模一样的流浪猫，黑黄条纹，瘦瘪瘪的，是只母猫，刚生过一窝孩子，冬天的时候在室外全都冻死了。她嗖的躲到灌木丛深处，我只是觉得她的毛色、耷拉的奶头和消瘦的身形，实在是我再熟悉不过的，但无法深究。

华腾园是座典型的塔楼，一梯八户，四户人家分列电梯两侧，推开防火门，两侧再各分两户。楼道里有狗的尿骚味，墙上有七七八八的划痕和小广告，声控灯居然没坏，老太太摸出钥匙使劲推开了门之后，我被这个拥塞无比的家惊呆了。

从玄关开始，到客厅，到不远处的阳台，到处塞满了东西。玄关有的不单是鞋，鞋是层层叠叠，不成套的，夏天的高跟鞋混着球鞋和靴子，有的鞋子里面还塞着袜子。玄关柜子上的筐子里放着堆成山的杂物，护肤品、洗护用品、药瓶子和调料混杂，摆满了整个柜面。墙上挂着满满当当的衣服，春夏秋冬的都有，还有棒球帽、棉帽和手套。客厅几乎走不进去，到处都是快递盒子，拆了一半儿的，全拆开的，拆了没取出来的，各种包装盒和纸箱，工艺品和旅游纪念品掺杂其中，你可以看到宁夏枸杞和新疆青提的箱子，还有装换季衣服的储物箱，两列，摞到快要到天花板。沙发上放满了衣服，只有两个屁股那么大的位置被剩出来。当然了，茶几上也是满满的洗发水、护肤品、调料、药瓶子、保健品……高高低低，大大小小。我几乎没有勇气去看阳台一眼，感觉他们直接在晾衣竿上取要穿的衣服，再把穿过的直接挂在那里晒一晒。

老太太让我坐在沙发上的那两个位置之一，我坐不住，站了起来，在屋里跌跌撞撞地走来走去，客厅面积本来不算小，怎么也有二十多平方米，但满地狼藉外加杂物，我不得不跨着走，又要绕开各种新的旧的家具。如何从这一堆堆杂物的小山中分辨出哪些是她儿子的，哪些是她儿媳妇的，我实在没有把握。而在几乎堆满了东西的餐桌上,我赫然看到了一瓶妇炎洁。

"喝水吗?"老太太问我,她站在离我两米左右的地方,中间隔着玻璃餐桌和餐椅,还有紧挨着玻璃餐桌的跑步机。跑步机上几乎看不见履带,堆着球鞋、一整套冲锋衣裤,它们又装在一只给猫抓挠用的圆形纸壳箱内。我认真看了一下,那纸壳箱上有猫的利爪抓挠的痕迹,确定无疑,这个家庭养过猫,但家里并没有,听不到猫叫,没有猫的食盆和厕所。

我一直在走神状态,老太太顾自去了厨房,她打开煤气炉的声音极大,像是点火装置已经坏了许久,而后一壶水重重地坐了上去。她又从厨房出来,手里拿着两只残缺不全的瓷杯子,一只是买麦片送的,另外一只上面印着"老坛酸菜牛肉面"。她问我愿意用哪只杯子喝水,说真的,哪只我都不想用,但也只好接过"老坛酸菜牛肉面"那只。我在屋子里晃来晃去,然后去往主卧。

主卧里,衣服被子枕头从门边到床上,床上挂着蚊帐,当中勉强够两人躺下,虽然是一米八的床,三分之一都是东西。我问跟了进来的老太太:"这么乱,你怎么发现他没带身份证的?"

"我儿子从小到大,身份证就放在一个地方,那就是他一直用的铁皮铅笔盒里,上面带铁臂阿童木的,这个铅笔盒一定会放在床头柜里。"

"你给他打过电话没有?"

"电话一直在打,一直都不在服务区。"

"干吗不报警?"

"上回他去了青海几个月,把这附近派出所的民警闹烦了,结果他自己回来了。这次我们再去找,人家无论如何不受理了,还不能去区里,说是越级。"

我走过去,打开里侧的床头柜,里面照例塞满了东西。果然铅笔盒是在的,里里外外长满了铁锈,这个家像是两个七八十岁的老人的居所,有很多看起来有年份的东西穿插其中。拉开衣橱,当然看不出男女主人衣物的分界线,他们的东西统统混在一起,分散在这个屋子的各个角落。

我走到看着像客卧兼书房的那个房间,书柜上有他的初高中教科书,也许是她的,书架上有很多本《孤独星球》,每一本都是被翻烂的程度,堆叠在一起。

"他们是怎么认识的?"我问。

"驴友,驴友你懂吗?"

"在旅途中认识的。"

"这个媳妇我初见时不太喜欢的,太野了,还不愿意生孩子。"

我"唔"了一声,手在书架上摸索,有些部分灰很厚,《孤独星球》那几本跟前几乎没有灰。这是间朝向马路的房间,在四楼,楼层也不算高,马路上灰尘滚滚,这个部分这么干净,不是儿子摸的,是儿媳妇,儿媳妇这几天在酝酿一次远行。

"我能见见她,和她聊聊吗?"

老太太犹豫了:"行是行,我也不觉得见见她有什么关系,但是你能让她不怀疑我在怀疑她吗?"

"那是自然。"我说。

当晚,我做了一个梦,梦到一望无际的一层楼,从这头走到那头,站着一匹有两个脑袋的马。那楼层整个是个大开间,一整排窗户都开着,傍晚过后,阴冷的风从窗外吹进来,双头马的鬃毛一齐向后飘,四只眼睛被吹得眯起来,它(或者应该说它们)也在隐隐约约地发抖。

从梦中离开，我站了起来，打开老式防盗铁门，走到幽深的走道深处。那里的一个小开间住着一个单身汉，四五十岁了，黑乎乎的走道上所有的声控灯泡都憋了，这个梦套着另一个梦，俄罗斯套娃的构造，西伯利亚的雪从不知名的地方落下，那么厚，厚得梦中的我连眼睛都睁不开，眼睫毛被雪花一片片压住，压实，令人窒息的雪，无缘无故的雪。

厚重的雪从天花板裂开的缝隙中落下，沉沉地压住我的头颅，压得太紧太实，我的呼吸越来越急促，急促到张开嘴，雪就从食道堵了进去，又冰又冷又硬。我在梦中使劲张嘴想喊救命，却喊不出来，喊出来了也没人听得到，另外那个梦里的马即便有两个头四只耳朵，也听不到。我所住的这个楼，所有的人都听不到，何况是小区……

次日，我和老太太一起去华腾园物业保安部调监控，调出她儿子离家出走那天的监控。他穿着一件藏青夹克，牛仔裤，头发乱蓬蓬的，一个瘦长的背影走出了小区大门，一只卡其色的双肩包单肩背着，包松松垮垮，好像没装多少东西，他就像出门吃个早点，顺带去超市溜达一会儿，买个什么东西。这是早上七点半多一点儿，儿媳妇当日因为要应付一个大客户，展示烹饪课程，早早就去了店里，她记得自己差不多七点出门，半个小时后，丈夫堂而皇之地从监控器里出现，从小区大门走了出去，不知道去了哪里。

保安队长站在后面，屋里有刚吃完老坛酸菜牛肉面后挥之不去的气味，这气味分为三层：老坛、酸菜、牛肉，不对，气味的层次从来不会这么粗糙地分级，我闻到了焦躁、沮丧和不甘心，在他的体表和他的每一个毛孔里边，焦躁、沮丧和不甘心顽强地逗留着，分门别类，井井有条。

自始至终，他只说了一句："他走的时候没刷卡，没带小区出门卡，让我给刷的，看样子是不想回来了。"

离开保安部之后老太太心事重重，我让她带我走她儿子走的那个小区门，当然了，她自己带了出门卡，那是儿子留下的出门卡，其实就是一个小蓝牌牌。我们往外走，外边是一条不宽的马路，两侧都是店铺，有卖早点的，也有小便利店、水果店和西点店，我让老太太站在街边等我，我一个人一家一家店铺进去，拿着手机上翻拍的他儿子的背影，还有一张正面照片，给那些店主看，问他们五月七日那天早上，他们是否见过这个人。进去杭州小笼包早点铺，老板娘一眼认出他来。

"来吃过早饭的，还挺经常来的算是，一般是八九点来吃。人虽然瘦，挺能吃的，每回一个人能要一屉小笼包，一屉蒸饺，两根油条，特别爱喝豆浆，能喝三四碗，我们这里豆浆免费续的嘛，有一回他喝了六碗！"

"那天他来了没有？"

"要说具体哪一天儿，真没办法有印象，我们生意蛮好的。"老板娘的浙江普通话，已经混上了北京口音，在卷舌和不卷舌之间切换自如。

烟店的伙计说他毫无印象，看来他不抽烟。便利店的小夫妻一致记得他，爱买零食，薯片、瓜子、花生米这类，有段时间超级爱买格瓦斯，一次买两三瓶。水果店是新开没多久的，小老板一脸懵逼，他好像创业还没创明白，正在往外扔烂了的苹果和梨，他身上烂屎色的条纹夹克闻起来也臭臭的。从这些店主们的描述来看，老太太的儿子是一个成天无所事事，不在家吃早饭（也许媳妇儿不给做），口袋里有点钱就喜欢出来花掉的人，他甚至会一个人去做足疗，在孤独的午后，穿着塑料拖鞋去。他那散漫无聊的样子，就像刚从垃圾站捡回来的婴儿，带着奶臭和胎粪，毫无时间的痕迹。他在这一带既无所事事又所向披靡，听起来人缘还都不错。我不乐意知道这么一个人太多的事情，可是他失踪了，他失踪就要求我得去了解他，了解一个闲得蛋疼的男人，有什么意思？我宁可在回到出租屋之前拐到小巫家，我和她睡了五次还是六次了，每次都没过夜，我要认真睡觉，一定得回到自己床上，她呢，有老公，说真的，也不便留下我。

我们见面并不像你们想象中那样急不可耐地滚床单，我们会坐在她家的餐桌前喝一杯茶，她也会给我倒杯酒，通常我到之前她已经洗过澡了，头发都吹干了。她给我倒了一杯茶一杯白酒，然后就在对面看着我，她的双眼浮肿，发际线比她二十岁的时候肯定高了不止两厘米，额头上那几绺头发压根遮不住抬头纹。

"他又出差了？"

"去上海，"她说，"说是明天回来，谁知道。"

"你几点去接孩子？"

"今天她课后有兴趣班要上，就在学校里，五点半才下课。"

"哦。"我们一边聊，我一边绕到她身后，扶着她的肩膀让她站起来，抽掉她屁股下的椅子，移开她跟前的茶杯，让她趴在餐桌上，就那么顺势脱下了她的内裤，她穿着一条长及膝盖的珊瑚绒家居裙，灰粉色。她的屁股塌陷得不是太厉害，高高翘起的时候能够掩饰住腹部的赘肉。我看不见她前面，只看到了后面，梨形的臀部，软塌塌的腰。插入并不费力，虽然她里边还很干，但我喜欢那种略干的紧实，插入后她保持不动，我抽离后她又高高撅起，我们像两台刚刚开始一起工作的机器一样，反复运动，后来我有点儿烦了，就射了精，射在她屁股上。

她又去浴室冲了个澡，然后我也简单冲了一下，然后我精疲力竭地坐在那里一声不吭，然后她看了几次墙上的钟，然后我就走了。

我走出她家门，又转头问她："如果你老公离家出走，你觉得他会去哪里？"

"上海。"她面无表情，关上了防盗门。

第二天一大早，老太太的电话就把我吵醒了，我后悔昨晚临睡前手机没设置成静音。她带着哭腔告诉我，海淀区公安局八大处公园派出所给她打电话，说是发现了一具疑似她儿子的尸体，躺在西山南坡沟底，让她尽快去认尸。

我一边晕乎乎地听着她在电话里哭诉，一边穿衣服洗脸刷牙，准备出门。我打了一辆出租车去接她，我到的时候她站在小区门前，宛如风中残烛，白发向着劲松的方向吹。也许就是这种战战兢兢的神色让我镇定下来，我让她上了出租车，她一句话也没说，一直抿着嘴，身体前倾，微微摇晃。

出租车从南三环开到西三环，而后在紫竹院转向紫竹院路，一直向西是杏石口路，这就快到八大处了。

"小国不是这种人。"老太太突然在副驾上喊了一句，把司机和我吓了一跳，她自己惊醒了似的摇开车窗，向外看。西山的美景从窗户一侧缓缓出现，这美景就像巨兽，身躯庞大而安静，秋天的树已经秃得差不多了，地上铺着一些黄褐色的叶子，叶子底下盖着昨晚的雨水，又湿又冷，巨大的恐怖隐藏在雾霾天的后边，你不知道雾霾里有什么，是天上的神，还是千足怪物。

我让司机在距派出所还有几百米的地方停车，和老太太踩着厚厚的树叶走了过去，她围着一条大灰围巾，羊毛的，穿着长款棉服，像是应付北京秋冬天气很有一套的样子。

"阿姨啊，"我跟她说，"我们今天是去看看，不一定是他，不是他你就说不是，不要客气。"

"我求之不得。"

"万一是呢，您想哭就痛痛快快地扑在那里哭，想哭多大声就哭多大声。"

她继续跟跟跄跄地往前走，越走越慢，那段路我们差不多走了十几分钟。我破了一个洞的鞋底都进了水，把袜子都弄湿了，几个脚指头像是浸在冰碴里的布偶，很不舒服。

八大处公园派出所是一栋孤零零的二层小楼，接待我们的民警看起来有年岁了，个头不高，说话带北京南城口音，卷舌音固然在，但压在牙齿底下发出，含混不清之外，还有一种泼皮劲儿。

"一会儿认真儿着点看，别害怕，人是不太成样子了，法医尸检报告还没出来，这个死亡原因呢，还不清楚，你们家属先别到处嚷嚷。"

"您怎么断定我们就是死者家属了？"我问他。

"好好好，知道了，疑似家属，疑似家属。"

老太太把自己包裹在令人窒息的沉默里，她下意识地拽住我的袖管，我拍拍她的胳膊。

"带亲属证明了吗？万一指认出来了还得回去补办。"民警又说。

老太太不说话，我也不说话，我们已经走到了二楼走廊尽头的房门前，房门是锁着的，那位老民警拿出钥匙来开门，他开门时显得拖拖拉拉，我简直想抢过他的钥匙来。

屋子不大，白天也开着白炽灯，窗户上拉着厚厚的遮光布，外边的景象，即便是萧瑟的山石与树，也全然看不到。老太太开始微微发抖，解剖台上搁着一具装在明黄色尸袋里的尸体，冷光源让这里的静寂被无边无际地烘托出来。地上有水，不知道谁刚刚清洗过这里，地上还有两道清晰的排水沟，通常，血水从这里被放走，流向下水道。

佛说过一句话，对现状的不满是苦恼的根源。我对现状无所谓满意也无所谓不满，陪同雇主来认尸不过是我工作的一部分，五分钟后也许我们可以火速离开，也许需要逗留很长一段时间，这一秒钟，我们无法预知五分钟后各自的喜怒哀乐，谁知道？

老民警戴上白手套，走过去，拉开尸袋上的拉链，只拉开了三分之一，一股腐烂的尸臭味便飘了过来。我扶着老太太往前跨了两步，她死死地闭着眼睛不敢睁开，我先看了一眼那三分之一内里面的头部、颈部和胸部。他是赤裸的，实际上死亡数日后，血肉开始分解的面部缺乏美感，我看了也没什么用。

"没事，没事，看一眼，我们就走。"我小声跟老太太说。

她可算看了一眼，摇了摇头："看不清楚。"

老民警问："您儿子多高？"

"一米、一米七四。"

"差不多。"他在尸袋前掂量，"胀了，也看不出胖瘦来。"

那头肿胀了三分之一不止，看着像个带着五官、做出龇牙咧嘴神情的篮球。如果是掉到水里，还情有可原，怎么会是落到岩石上的？

"发型呢？发型对不对？"他又问。

"发型？我不知道，记不清楚了。"老太太的声音几乎听不清楚。

"我记得监控上看起来是短发,很短。"

"小平头?"

"差不多吧。"

"他最讨厌剪平头,他从小就不喜欢平头。"老太太突然提高嗓门,转而变为歇斯底里,这个转变的过程太快,我都来不及捂住她的嘴。

加缪说:"我们只过着一生中的几个小时,某种意义上这是对的,而在另一种意义上又是错的。"

这决定性的瞬间,左右了我们一生的大局。

包括在自己儿子的尸袋前迷离恍惚,是,还是不是?

"没法确认,对吧?"老民警拉上拉链,带我们离开那个房间。

"不!"老太太说。

"不什么意思?"

"不对。"

"那就是没法确认,等法医鉴定吧。他身上没穿衣服,这有点儿奇怪,我们还没找到衣服,一个人赤条条地从山上跳下去,这大冷天。"

"那你们怎么会找到我们的?"

"就是最近的失踪人口里边,你们这个属于性别对得上,年龄对得上,身高对得上,就喊你们先来认认看。"

这时老太太的手机响起,她接了电话:"你到了,才到?在二楼。"

我们站在走廊上等她,她从楼梯慢慢走了上来,脚步声清晰可辨。老太太拉着脸,她走近时,她们并不对视,时光之剑飕飕回溯,将她们之间仅有的一点儿联系切断,她们之间本无一物，这个男人不管是死是活，她们中间只有冷冰冰的对视。

老太太用下巴指了指那扇门，老民警见状，重新推开了门，领着她儿媳妇进去，过了一会儿，屋里传来惊天动地的哭声，像是要把天花板都炸开。

"你在哭什么，你什么意思？明明不是他，你在哭什么？"老太太见状嘶吼。

老民警出来了，把老太太拉到一边："她说是，她说他们夫妻一场，捣成糊糊都能认出来。"

"凭什么？她凭什么？"

总之儿媳妇在屋里撕心裂肺地哭，老太太还在外边骂。我绕过走廊，走上天台，门没锁，可以看到山石与树，春夏繁密的林子里，挂着鸟窝，这会儿树叶落没了，鸟也不在家，它们或许飞去南方了。这个尸首到底是不是老太太她儿子的，至此也没有定论，我们三个人不一路走，老太太让我帮她打车，我们要先走，我执意去看看发现尸体的地方，让她一个人先回去。

民警不肯陪我去，但是告诉了我具体在什么地方，我独自上山，山上的雾气，也许是雾霾，弥漫。云被打散成灰蒙蒙的絮絮，我从八大处公园南门进去，买了一张门票，一群看不见的猴儿跟着我进了大门，它们三五成群，或徐或疾，往山上奔去。一只特别肥硕的母猴子停下来等我，它好像还在哺乳期，两个乳房涨得通红，乳头又大又圆，似乎拿根针一扎，乳汁便会自动喷泉一样从那里喷出来。这只母猴认识我一样，一直扭头盯着我，等我上前，它就再往前跑一段路，然后再停下来，扭头看我，等我。

就这样一路走一路停，到了民警告诉我的位置，我拍了张照片。大概在八大处去往香山的野路上，主路上一处凉亭的小岔路，往西走一公里不到，越走越远越偏僻，这条路平时可能只有资深驴友会走，两边的树杈挂到路中央，石头已经风化，众猴散落在四周。那只给我引路的母猴也得靠着我的定位照片才能知道我要去的地方，它最后一次扭头看我的时候，眼球已经和乳晕一样通红，它似乎感受到了羞耻与紧张，然后它就消失在山脊梁最高处。

我站在悬崖边上，巨大的山石悬空挂在山顶，岔路也消失了，只有一条若隐若现的山石小路，引导我到悬崖边。我探出半边身子向崖下望，那里有一摊血和脑浆的混合物，暗红的血，灰白粉红的脑浆。我伸长了脖子又看了看，看不出到底是不是血和脑浆的混合物，也许只是入冬后一些树枝和叶子落在一起，糊住了。我决定下去看一看，看个究竟，从这里失足滑下的可能性微乎其微，没有人会特意在这里探身，置自己于危险的境地。

我看到巨型的黑色飞鸟从山谷内徐徐飞起，它扇动着巨大的翅膀，将阴影落在我下山的路上。岩石不好攀爬，加上两边满是荆棘，非常扎手，我只能一路滑行，碎石和松动的土不停地往下掉。这是在北京的西北，上风上水，风从延庆方向吹来，正冲着我的脸。冬季的风总是从那里吹来，毫无例外。

等我到了地方，几乎把脸贴到地上，没错，是脑浆和血的混合物，血很浓，脑浆更浓，血已经发黑了，因为凑得太近，还能闻到隐约的臭味，像是那种在热乎乎的时候腐烂发臭，同时又急速冷却、冻硬，硬邦邦的人体组织涂抹在那里，和一堆鸟粪或者烂棉絮并无区别。

我在那片血迹周边仔细勘查，并没有发现多少有用的线索，在草丛里发现一个钥匙扣或者一张写着电话号码的字条的幻想也被打消了。已经干枯了的草丛里，除了石子儿和草根别无他物。

"喂,喂!阿姨,听得清吗?这样呢?听得清吗?"我站在那里,就着微弱的信号给老太太打电话,为了找到更好的信号把身体朝着不同的方向转动。

"听到了,怎么样?"

"我在现场啊,说是跳崖,我觉得很牵强,他的衣服呢?"

"衣服?我儿子去哪儿都穿戴得整整齐齐的,哪有赤身裸体在山上跑来跑去的习惯!"

"警察没找到衣服?"

"没有。"

"谁也不会大冬天赤身裸体跳下悬崖,除非他精神出了问题。他的精神没出什么问题吧?"

"越说越离谱了,我儿子又聪明又懂事,怎么可能发这种神经!"老太太在电话那头几乎要喷出九头火蛇。

我只好挂了电话,他跳崖的地点,到最后尸体落地之间,不可避免的是一丛丛灌木,我用手触摸了一下这些灌木,里面有不少带刺儿的树种。

一个赤身裸体的人,怎么可能不被这些刺划伤?我虽然只是看了几眼尸体,但他身上几乎没有划伤的痕迹,也因此,头盖骨碎裂,更像是硬物或者锐器击伤的。看这伤口的暴烈程度,至少也得是一把铁锤子,或者大号的扳手,而能够三下五除二击碎一个大男人的脑壳的人,力气得有多大?

当夜,我又去找小巫,事毕,躺在她床上和她聊天。卧室很小,床也不大,因为小,挨着暖气,透露出别样的温馨暖和,两个人躺着正正好。小巫偏爱格子衬衫,以及格子床品,她的生活像是装在格子监狱里的母虎鲨。

"那得是大老爷们儿,是这个女的情夫什么的吗?"

"不清楚。"我下意识地摸着她的头发，有点粗糙有点硬。

"你都怎么破案的？感觉你也没什么特殊的本事。"

"我不把这个叫作破案，叫作给客户一个交代。"

"交代？"

"既然是交代，就不一定是正确答案，只要能自圆其说就得了。"

"那这次你打算怎么自圆其说？"

"我还不知道呢，还不到交卷子的时间，我还得做出一副很忙的样子来，让人觉得费了老鼻子功夫，给的钱物有所值。"

我们干事之前，就把床头灯调整到最暗一档，小巫叫床的声音很小，像一只刚落地没多久的小羊羔，咩咩咩，咩咩咩。我也曾遇到过叫床的声音排山倒海一般的女人，也有那种像上了电刑一样火光四溅的，相比之下，倒是咩咩咩更有回味的余地。

在昏暗不明当中，一阵长久的沉默之后，小巫突然叹了口气，然后说："有时候我也想杀了我老公的，就是不知道具体该怎么办。"

"伙同我？"我揉了揉她的天灵盖，那里有一道浅浅的凹痕，也像是被铁器抡过。侧过脸看过去，她的耳郭上有一层灰白的绒毛，绒毛底下是薄得透光的耳朵，让人联想到游动着剧毒水母的海底。

"如果我真想弄死他，谁也不用伙同，我会弄得不露痕迹，保证。"

"你这么说倒显得咱俩没交情了。"

她突然翻身起来，越过我，拉开我这头床头柜的抽屉，翻到最底下，最底下居然有个夹层，她拿出一本孩子用的薄薄的田字格本，给我看。

上面简直就是详尽周密到极点的杀夫计划，她将步骤草图善后事宜尽数列上。我翻完了这二十几页的作业本，又伸手揉了揉她的脑袋。

"计划了多少年了？"

"这还需要多少年？几个月前开始的吧。"

"干吗？"

"要是你，你选择哪个？"

"我感觉电梯出故障那条，会被摄像头拍到。"

"我们楼的摄像头形同虚设，监控室常年空荡荡的，一个人也没有，物业不愿意在那里多雇一个保安，你没看到我要先往摄像头上喷一层白色颜料吗？"

"还是嫁祸给他上海老婆那个方案比较不错。"

"嗯，就看她上不上套了。"

"你黑到她的淘宝购物车，知道她喜欢买什么牌子的培根肉，并让她收到你寄去的快递也真是挺有意思的。"

"我老公最喜欢吃培根炒茶树菇，一个人能吃完一盘。"

"那店家发出的培根肉呢？"

"我只需要登录她的旺旺，联系店家说在外地出差，改地址就可以了。"

"所以你收到过她买的培根？"

"炒给我老公吃。"

生活中总是隐藏着像小巫这样的天才杀手，她们隐藏在普普通通的日常之中，接孩子、做饭、在傍晚前晾衣服、站在打开的抽油烟机跟前发呆。她安之若素的外表之下有一条暗河，在皮下脂肪层含蓄地流动。

每个人的皮下脂肪层都可能隐藏着一座索多玛。

次日一早，我睡醒了，又在床上躺了好一会儿，她送完孩子回来，我们一起吃了早饭，吃得磨磨蹭蹭：小米粥、鸡蛋、酸萝卜、发面馒头。我已经很久没有吃过像样的早餐了，打开冰箱去拿腐乳，赫然看到冰箱内放着两大包装袋荷美尔美式培根。

我啥也没说，回到餐桌上，幸好我开冰箱门时她去厨房拿蒸热的剩菜了。但不可避免地，她看到了腐乳，然后神态自如地给我又盛了一碗小米粥。屋子里有一种近乎完美的宁静，清晨的阳光洒在这屋子三分之一的地方，沙发上罩着灰色华夫格毯子，让照射下来的光线像蒙了一层猪油。

饭后，我走到北边的阳台上，打电话给几个相熟的朋友，让他们帮我找海淀区相熟的法医，再通过这位法医，找到了即将尸检这具无名男尸的法医，居然是丰台区的一位老法医。

电话里他的声音又干又涩，好似没有上足松香的二胡弦和马尾。

"是通知我去尸检了，但我手头一堆事情没忙完，我也奇怪，干吗跨局调我过去？海淀水平可比我们高，高知区人家。"

"他们说您是丰台第一把手。"

"不敢当了，那是开玩笑。"

"不开玩笑，我说，您可以不接话，您到时候仔细看看，是不是死后才被砸烂了脑壳，中间间隔了多长时间，用什么东西砸的，和高空坠落的状态比对一下。"

他在那边不说话，果然不说话。

"他跳崖的地方应该不是第一现场，第一现场在哪里还不知道，尸体搬动的痕迹您留意一下。"

过了半晌，那边传来闷闷的一声："知道了。"

过一会儿，手机上接到一条短信："区局的领导在边上，不方便。"

但是等了两天，也没有消息，我发了一条短信去问他，他也没回复。

这期间老太太也没跟我联系，周围一派死寂，我无所事事地在团结湖一带闲逛，有时候去农展馆看看广场上的大爷大妈们，也抢了几张购物券，后来才知道卖的都是过期食品。

我又给法医发短信："感觉这个案子完全没人管，我又联系了海淀那边，杳无音讯。"

过了两三个小时，法医发来一个微笑的表情。

老太太约我见个面，让我直接去她儿子儿媳的家。开了门，屋里堆满了一袋袋装好的黑色垃圾袋，一排排堆好。先前那些无比混乱的杂物，基本上都收拾了，还有一些封好的纸箱，堆在屋子一角。她让我进门后就一直在忙碌，我在一边无所事事。卧室里也空空如也，床还在，床头柜还在，衣柜还在，阳台上还残留着一条肉粉色的短裤，女款。

"我约了那人十一点半来收衣服，还没来，他们是附近收废品的，一家人穿得破破烂烂，我就跟他们说，家里样子还很好的衣服，自己穿也好，拿回老家送人也好。"老太太半是跟我说，半是自言自语。

"到底怎么回事？"我问。

"不让查了。"老太太低头整理一个纸箱里的杂物，从中取出一只热水壶，"这个我快递回去，老家那只用了很多年了，这个还很新。"

"不让查了什么意思？"

"我们已经签字了。"

"签了什么字？"

老太太叹了口气，眼睛红了："搞不清楚，搞不清楚，人家说不让查，也不肯再查了，我们能怎么办？"

"儿媳妇什么态度？"我问。

老太太用下巴指了指那堆高高堆起的纸箱："她要搬走了，说要把这个房子出租，神神秘秘的，不肯告诉我她要搬去哪里。无所谓了，我要赶在她走之前，把东西送的送，扔的扔，然后我也要回老家了，我那个后老伴儿最近血压太高，身边不能没有人。"

"你真的不在乎你儿子到底怎么死的了？"

"我年纪大了，经不起摔打。"老太太进了次卧，拿出来一个牛皮纸信封。

"你不要给我钱，我什么也没干。"

"不是钱，是我儿子留下的一封信，他说他要走了，不要再费心费力地找他，叠好了，就压在放身份证的铅笔盒最底下，我居然没注意。"

我打开信，信确实是这么写的，只有一句话："我要走了，不要再费心费力地找我。"

离开老太太那里，我去找小巫，她居然穿着一件藕荷色紧身连衣裙，看起来化了淡妆，脸色比先前好了很多，竟显出了几分俊俏来。她又薄又瘦的身体边沿，甚至像是闪着模模糊糊的一层银光，即便是用旧了的银，在黄昏时分，即便是浅浅的光彩，也让人难以忘怀。

2019 年 1 月 17 日

图书在版编目（CIP）数据

兴趣小组／巫昂著．－－北京：新星出版社，2023.3
ISBN 978-7-5133-5181-2

Ⅰ．①兴… Ⅱ．①巫… Ⅲ．①犯罪小说－中国－当代 Ⅳ．① I247.5

中国国家版本馆 CIP 数据核字 (2023) 第 029664 号

兴趣小组

巫昂 著

责任编辑：赵笑笑
责任校对：刘　义
责任印制：李珊珊
装帧设计：人马艺术设计・储平

出版发行：新星出版社
出 版 人：马汝军
社　　址：北京市西城区车公庄大街丙3号楼　　100044
网　　址：www.newstarpress.com
电　　话：010-88310888
传　　真：010-65270449
法律顾问：北京市岳成律师事务所

读者服务：010-88310811　service@newstarpress.com
邮购地址：北京市西城区车公庄大街丙3号楼　　100044

印　　刷：北京天恒嘉业印刷有限公司
开　　本：910mm×1230mm　　1/32
印　　张：8
字　　数：180千字
版　　次：2023年3月第一版　2023年3月第一次印刷
书　　号：ISBN 978-7-5133-5181-2
定　　价：45.00元

版权专有，侵权必究；如有质量问题，请与印刷厂联系调换。